追われもの四　再会

金子成人

幻冬舎時代小説文庫

追われもの四

再会

DTP　美創

目次

第一話　小春　9
第二話　鳴動　81
第三話　迷路　152
第四話　兄弟　219

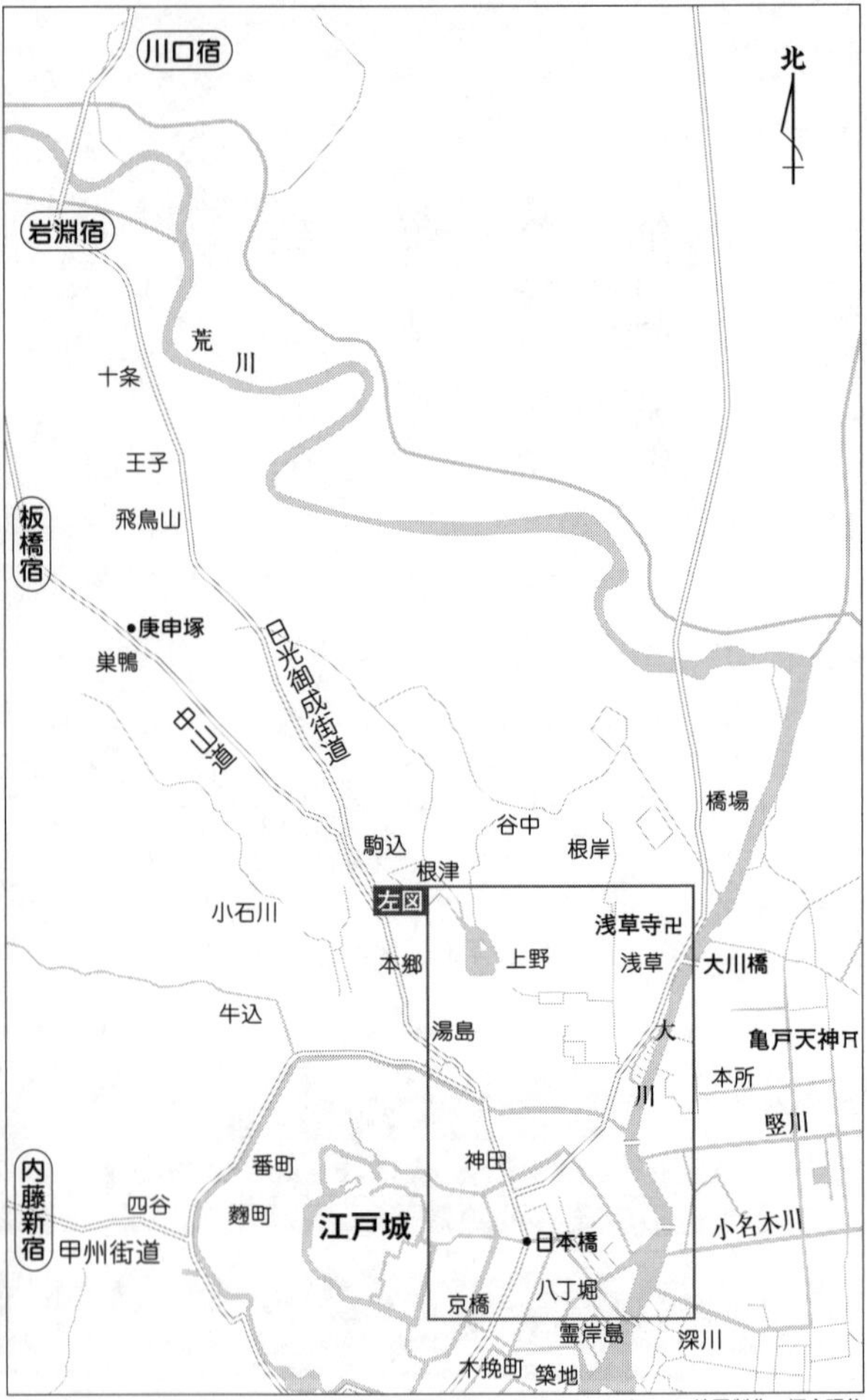
北
川口宿
岩淵宿
荒川
十条
王子
飛鳥山
板橋宿
庚申塚
巣鴨
中山道
日光御成街道
橋場
谷中
根岸
駒込
根津
左図
小石川
浅草寺
上野
浅草
大川橋
本郷
湯島
大川
亀戸天神
本所
牛込
竪川
神田
番町
内藤新宿
四谷
麴町
江戸城
小名木川
甲州街道
日本橋
八丁堀
京橋
霊岸島
深川
木挽町
築地

地図制作・河合理佳

根津
寛永寺
長屋(庄太)
三雲屋(水茶屋)
浅草寺
上野
不忍池
本郷
浅草
大川橋
下谷
治作店(丹次)
佐野屋(旅籠)
湯島天神
湯島
大川
神田明神
湯島聖堂
浅井啓順の屋敷
昌平橋
筋違橋
神田川
和泉橋
新シ橋
小助店(亥之吉)
浅草橋
神田
初音の馬場(梅吉)
馬喰町
両国橋
藤金(口入れ屋)
竪川
小伝馬町
竜閑川
千鳥橋
八百春
三六屋(お七)
本石町時の鐘
浜町堀
竜閑橋
住吉町
八兵衛店(お杉)
新大橋
永楽堂(旧武蔵屋)
江戸橋
日本橋
思案橋
海賊橋
日本橋川
小網町
鹿嶋屋(薬種問屋)
東海道
楓川
永代橋
霊岸島

第一話　小春

一

神田広小路から上野広小路へと延びる往還に朝日が射している。

昇ったばかりの日には、まだまだ夏の熱気が籠《こも》っていた。

暦が秋になるのは、まだ十日ほど先のことである。

朝の暗いうちから、出職の者や棒手振《ぼてふ》り、それに駄馬や荷車で賑わう下谷御成街《したやおなり》道も、日が高くなるにつれ、江戸見物の旅人たちの姿が目立ち始めていた。

六つ（六時頃）の鐘が鳴ってから四半刻《しはんとき》（約三十分）が過ぎた頃、丹次《たんじ》は上野広小路へと急いでいる。

目指しているのは、三橋《みはし》に近い旅籠《はたご》『佐野屋《さの》』である。

『昨日の夕刻、丑松《うしまつ》殿を訪ねて妙齢のおなごが参られたが』

今朝、井戸端で顔を洗っていた丹次にそう声を掛けたのは、同じ『治作店《じさくだな》』の住人、春山武左衛門《はるやまぶざえもん》だった。丑松とは、島抜けという大罪を犯した丹次の偽りの名である。

『春山さん、その女の名は』

丹次が語気を強めて聞くと、

『たしか、小春《こはる》と名乗られたが』

武左衛門の口から、待ちに待った女の名が出て、丹次の胸は早鐘を打つように高鳴っていた。

捜していた小春が、すぐ手の届くところにまで現れたのだ。

『明日、ということは、今日ということになるが、岩槻《いわつき》に戻るとかで』

武左衛門が言い終わるのを待たず、湯島切通町《ゆしまきりどおし》の『治作店』を飛び出したのである。

丹次の実家である日本橋の乾物問屋『武蔵屋《むさし》』で長年台所女中をしていたお杉《すぎ》に

よれば、小春は『武蔵屋』が人手に渡る一年くらい前に女中として雇われた女だから、勘当の身となって家に寄りつかなかった丹次は、小春の顔を知らなかった。

そればかりか、商いが傾いたことを嘆いて二親《ふたおや》が首を吊って死んだこと、『武蔵屋』が暖簾《のれん》を下ろし、家と土地が人手に渡ったことを丹次が知ったのは、流刑地の八丈島でだった。

『武蔵屋』の主に収まっていた兄、佐市郎《さいちろう》がどうなったのかも分からず、悶々《もんもん》と日を送った末、丹次はついに島抜けをした。

今から四か月以上前の、文政四年二月四日のことだった。

やっとのことで江戸に入ったのは、ふた月以上が経った四月十六日である。

島抜けという大罪を背負った丹次は、元番頭の粂造《くめぞう》や女中のお杉を密かに訪ねて、乾物問屋『武蔵屋』の凋落《ちょうらく》の経緯を知った。

兄嫁のお滝《たき》が、佐市郎の眼が弱ったのをいいことに勝手気ままに振る舞い、その上、番頭の粂造を追い出し、その後釜に、情夫、要三郎《ようざぶろう》を据えた。こうして一気に『武蔵屋』の商いが傾いたという。

すると、文政二年十二月、お滝と要三郎は『武蔵屋』の家と土地を売り飛ばして、行方をくらましたのである。

そして、『武蔵屋』の住み込みの奉公人も主の佐市郎も、早朝にいきなり押し掛けた破落戸《ごろつき》どもに、家から追い出されてしまった。

その場にいた奉公人たちは突然のことに混乱し、眼の不自由な佐市郎のことにまで気を回す余裕もなく、方々に散ったのである。

そんな経緯を知って、丹次はお滝と要三郎への怒りを募らせたが、そのことより気懸《きが》かりだったのは、人の助けがなければ一人では暮らせないほど眼を悪くしていたという佐市郎の行方だった。

それを辿る手がかりになったのは、一枚の刷り絵である。

ひと月ほど前、口入れ屋の仕事で車曳《ひ》きをしていた丹次は、堀に落ちた男児を助け上げた。

男児の母親である絹問屋のお内儀から、後日、お礼にと、手拭いと真新しい麻裏《あさうら》草履《ぞうり》が届けられた。

その手拭いと草履を包んでいた紙の刷り絵が、丹次の眼に留まったのだ。

刷られた花の絵を見て、昔の光景が脳裏に浮かんだ。

十数年も前、家で庭の花を描く、少年のころの佐市郎の姿だった。

佐市郎が描いていた花は、手拭いと草履を包んでいた紙にあった、藍一色で刷られた絵と同じ『忘れ草』だった。

絹問屋のお内儀にその紙の出所を聞くと、一人息子の端午の節句に人形屋から届けられた金太郎の人形を包んであった、何枚もの反故紙《ほごがみ》の中の一枚だったという。

品物が傷つかないように包んだり隙間を埋めたりする紙だったと知って、絵師に辿り着くことは出来まいと、丹次の気力はそこで一旦萎えていた。

それからひと月ほど経ったつい先日、車を曳いて蔵前《くらまえ》を通っていた時、『人形祥雲堂《しょううんどう》』の看板が眼に飛び込んできたのである。

以前、絹問屋のお内儀から聞いていた蔵前の人形屋の名前だった。

『祥雲堂』の手代に、藍一色で刷られた花の絵のことを尋ねたのだが、品物を傷めないようにする緩衝材の藁《わら》や紙などのことをいちいち気に留める者はいなかった。

ところが、たまたま居合わせた小間物屋の主が、藍一色で刷られている花の絵を扱っている小間物屋が、神田金沢町にあると教えてくれたのだ。

神田金沢町の小間物屋『桐生屋《きりゅう》』に行って、『忘れ草』の刷り絵を見せると、主

の与惣兵衛《よそべえ》は、店に置いてある刷り絵と見比べて、

『わたしは、同じ人の手によるものだと思いますがね』

と、断じた。

さらに、出来上がった刷り絵を、月に一度、岩槻から納めに来るのは、小春という人だとも教えてくれたのだ。

『今度、その小春さんが来たら、会いたいと伝えてもらえませんか。その人が、わたしの捜している人の行方を知っているかもしれないものですから』

そう言って、

『湯島切通町　治作店　丑松』

と書いた紙を、『桐生屋』の与惣兵衛に手渡していたのである。

小春はおそらく、与惣兵衛のところで書付を見て、昨夕、『治作店』を訪れたのに違いなかった。

『お、あなた、小春さんには会えましたか』

与惣兵衛は、先刻、『桐生屋』に駆け付けた丹次を見て、そう問いかけた。

留守をしていて会えなかったと言うと、

『今朝、岩槻に帰るということでしたが、もしかしたら、まだ、宿にいるかもしれませんよ』

与惣兵衛のその言葉に縋《すが》る思いで、丹次は、下谷御成街道を上野へとひた走ったのである。

旅籠『佐野屋』は、忍《しのぶ》川に架かる三橋に近い、仁王門前町にあった。

丹次が、『佐野屋』に足を踏み入れると、

「お気をつけて」

「また、お待ちしております」

番頭らしい白髪交じりの男と二人の女中が、表へ出て行く旅装の客たちを見送っていた。

「なにかご用で」

『佐野屋』の半纏《はんてん》を着た白髪交じりの男が、丹次に声を掛けて来た。

「岩槻の、小春さんはまだおいでだろうか」

丹次は、息を整えて返答した。

「あぁ、岩槻のね。はいはい、あのお方は、半刻（約一時間）前にお発ちになりましたよ」

白髪交じりの男はそう言うと、

「今から追えば、女の足ですから、追いつけるかもしれませんよ」

と、笑みを浮かべた。

「番頭さん、なに言ってるんですか。小春さんは月に一度は岩槻と江戸を行き来してるんですよ、そこら辺をちゃらちゃら歩いてる娘っ子と一緒にしちゃいけませんし」

でっぷりと太った四十くらいの女中が、白髪交じりの男に苦言を呈した。

「岩槻に帰るとすれば、道はええと」

「小春さんは、日光御成街道だね」

丹次の問いかけに、太った女中の横にいた若くて細身の女中が、はっきりと言い切った。

「すまねぇ」

急ぎ出かかった丹次は、慌てて足を止めた。

「ついでに聞くが、小春さんの、今朝の着物の柄はどんなもんでしたかね」

「そんなこと聞かなくても、顔を見れば分かるんじゃないのかい」

太った女が小首を傾げるのを見て、

「わたしは、小春さんの顔を知らないんですよ」

丹次は言うと、苦笑いを浮かべた。

「着物の柄は、ええとね、水浅葱《みずあさぎ》色に、紺色の網つなぎの柄だ。で、帯はたしか」

「黒」

細身の女中が、太った女中に助け舟を出した。そして、

「あとは、手甲脚絆《てつこうきやはん》を着けて、菅笠《すげがさ》を被ってるはずだよ」

とも教えてくれた。

「ありがとうよ」

片手を上げて、丹次は表へと飛び出した。

湯島切通の坂道は、朝日を受けて輝いている。

間もなく五つ（八時頃）という頃合いだろう。

下谷の旅籠『佐野屋』を後にした丹次は、その足を一旦、湯島切通町の『治作店』へと向けた。

岩槻に向かった小春を追いかけるには、それなりの支度が要る。

途中、追いつければいいが、見つからなければ岩槻まで足を延ばさなくてはならない。その為には、路銀も要るし、『忘れ草』の藍一色の刷り絵も持参しなければなるまい。

持つものを持ち、旅支度を調えた丹次は、

「もしかしたら、今夜は帰らない」

大家の富市《とみいち》に声を掛けると、『治作店』から湯島の切通に飛び出したのだった。

切通の坂道を上りきった本郷三丁目でぶつかる、お茶の水の方から延びている往還は、日本橋を起点とする中山道である。

丹次は迷わず、三丁目の丁字路を右へと曲がった。

江戸と武州、上州、信州を結ぶ中山道は、駄馬や荷車の往来の多さには目を見張るものがあり、物流の主要な幹線だというのが見て取れる。

加賀前田家上屋敷前を過ぎ、水戸中納言家の中屋敷の前が駒込の追分《おいわけ》で、道を左に取れば中山道となり、まっすぐに進む道が日光御成街道と呼ばれる、将軍家が日光東照宮への参拝の際に通る脇街道である。

丹次は、まっしぐらに日光御成街道へと突き進んだ。

半刻遅れて江戸を発ったものの、どのあたりで小春に追いつけるのか皆目見当がつかない。

ひたすら足を進めて、江戸の五色不動のひとつ、目赤不動のある南谷寺《なんこくじ》も、下駒込村の駒込富士も通り過ぎた。

しかし、女の旅人はおろか、何人もの男も追い越したが、『佐野屋』の女中が教えてくれた柄の着物姿の女は、なかなか眼に留まらなかった。

飛鳥山《あすかやま》を過ぎ、石神井川《しゃくじい》を渡った先の王子稲荷から十条へと歩を進めた時、俄《にわか》に人の流れが鈍くなった。

遂には、街道を下る旅人や駄馬の足が止まり、列となった。

列の先頭あたりに、額に鉢巻をした役人や捕り手らしい者たちが、六尺棒やさすヌを手に並び、通行の者たちに声を掛けて人改めをしている様子が見て取れた。

列の前方に並んだ旅人たちの話し声から、王子稲荷で掏摸《すり》を働いた男の詮議らしいが、丹次は迷った。

逃げ出すか、おとなしく調べを受けるか。

島抜けをした身としては、役人の眼に触れることは避けたいが、逃げればかえって目立つことになる。

掏摸の疑いが晴れたとしても、関所手形など、身分を示す物を持たない丹次は無宿人の疑いをかけられる恐れがあった。

最悪の場合、江戸の奉行所に送られて厳しい詮議を受けることも考えられる。

読み書きが出来た丹次は、流刑地の八丈島で島役所の手伝いを命じられていた。

その時、江戸と八丈島の間で交わされる書簡にも眼を通すことがあった。

そんな文書を読んでいた丹次は、島抜けの罪人が捕まった後に科される厳罰がいかに悲惨なものか、よく分かっていた。

厳しいお調べに耐え切れず、八丈島から逃げて来たと白状すれば、『打ち首』という死罪を覚悟しなければならない。万一、死罪を免れても、八丈島よりもっと過酷な島への島替えとなる。

逃げるか。

人改めの順番まであと三人となった時、丹次は迷いながらも、密かに左右に眼を走らせた。

その時、眼の前にいた男が、突然身を翻《ひるがえ》すようにして列から離れると、街道の左手に広がる畑地へと一目散に駆け出した。

「あいつだ。追えっ」

役人の叫び声に、配下の捕り手たちが、逃げた男を追って一斉に駆け出した。

「十条富士に入った！」

追手の中から声が上がり、畑地に下りていた捕り手たちは急ぎ街道へと引き返し、左手前方に見えるこんもりとした木立の方へわらわらと駆けて行った。

行く手を阻まれていた人の列は崩れて、旅人たちは、堰《せき》を切ったように日光方面へと足を速めた。

そんな旅人の流れに交じって歩きながら、丹次は静かに息を吐いた。


日が大分高くなったころ、岩淵宿に着いた。

新河岸《しんがし》川と荒川の南岸に位置する武蔵国豊島《としま》郡岩淵は、日本橋から三里十五町

（約十三キロ）のところにある。

川の畔《ほとり》に立った丹次は、対岸に眼を遣《や》った。

湯島から一刻半（約三時間）以上は歩いたから、ほどなく九つ（正午）になる時分かもしれない。

対岸にある川口まで七町（約八百メートル）の道のりだが、そこは武蔵国足立《あだち》郡である。

川に橋はなく、川口に向かう旅人は船渡し賃三文を払って川を渡らねばならない。

船着き場近くの河原や茶店では、船を待つ者がひと時の休息を取っている姿が見受けられる。

急ぎ足で来たはずだが、ここまでとうとう、小春らしい女に追いつくことは出来なかった。

もしかすると、途中、茶店などで休んでいるのに気付かず追い越してしまったのかもしれないし、すでに小春は川口へ渡ってしまったかもしれない。

諦めきれない丹次は、しばらく船着き場で旅人を待つことにした。

「茶と団子を頼む」

丹次は、葭簀《よしず》張りの茶店の外にある縁台に腰掛けると、中に声を掛けた。

「へぇい」

中から、しわがれた爺さんの声が返って来た。

「ちょっとものを尋ねるが、道中、水浅葱色で網つなぎの柄の着物を着た菅笠の女を見なかったかね」

丹次は、近くの縁台で休んでいる男女のお遍路や行商の男たちに尋ねたが、皆、首を傾げるだけで、見たという声は誰からも返って来なかった。

二

顔の右側に西日が射して痛い。

刻限は八つ（二時頃）を幾らか過ぎた頃である。

岩淵の船着き場で半刻ほど待ったのだが、小春らしい女は見つからず、丹次は後ろ髪を引かれながらも江戸へと引き返すことにした。

日光御成街道を十条村まで、微かに期待しながら戻って来たが、小春らしい女と行き合うことはなかった。

十条富士を過ぎ、下十条の寺の先で、丹次は十字路になった野道を右へと曲がった。

その道は下板橋宿へ通じており、そこから中山道を江戸に向かうことにしたのだ。

放蕩三昧《ほうとうざんまい》をしていた時分、板橋でよく遊んでいたこともあり、近辺の道には明るい。

岩淵の渡し場で待っても見つからず、十条に戻る間も見つからなかった小春が、まだ板橋近辺にいるとは考えられないが、諦める踏ん切りがつかなかった。

下板橋宿に着いた丹次は、石神井川に架かる板橋を渡ると、滝野川村の方へと、緩い坂道を上って行く。

人も、牛馬や荷車の往来も、日光御成街道に比べると、中山道の方が多い。

東海道は京、大坂に通じているが、中山道もまた、信州を経て京に通じるもうひとつの幹線だった。

巣鴨村に入り、茶店や食べ物屋が軒を並べる庚申塚《こうしんづか》の前を通り過ぎた。

「丑松さんじゃありませんか」

背後から男の声が掛かった。

振り返ると、街道に飛び出してきたらしい亥之吉《いのきち》が、一軒の茶店の方を指さしている。

街道から少し奥まったところにある茶店の縁台に、亥之吉が下っ引きとして仕える目明しの九蔵《きゆうぞう》と、北町奉行所の同心、柏木八右衛門《かしわぎはちえもん》が並んで腰を掛けていた。

八右衛門は、少年期に佐市郎と同じ学問所で机を並べていた幼馴染《おさななじみ》だった。

しかし、兄の佐市郎にそんな友人がいることなど、当時の丹次は知らなかった。

『武蔵屋』の台所女中だったお杉から、佐市郎と八右衛門の関わりを聞いたのは、島抜けをした丹次が江戸に戻って来てからであった。

丹次は八右衛門に丑松と名乗っていたから、島抜けをした佐市郎の弟だとは知られていない。

「妙なところで会うなぁ」

八右衛門は、のんびりとした口調で丹次を見、湯呑を口に運んだ。

「口入れ屋の仕事で岩淵まで物を届けに」

丹次は軽く頭を下げた。

「岩淵のあたりにまで届けに行くこともあるのか」

「江戸で書物や掛け軸を買い求めた人が、持ち帰るには重いということで、えぇ」

丹次の説明に、九蔵や亥之吉から、あぁという声が洩れた。

「それで、旦那方はこちらにはなにか」

「例の、板橋の喜三郎《きさぶろう》殺しさ」

丹次に向かって咄嗟《とっさ》に答えた亥之吉が、

「おい」

と、九蔵に窘《たしな》められて、八右衛門にぺこりと腰を折った。

「その喜三郎殺しに、ちと不審があってな」

そう洩らした八右衛門が、さりげなく辺りを見回した。

近くの縁台に掛けている客たちの耳に、八右衛門の声は届いていないようだ。

喜三郎というのは、二日前の夜、板橋の女郎屋の一間で無残にも殺された、板橋を縄張りにする香具師《やし》の親分である。

その時、共に酒宴の場にいた藩医、浅井啓順《あさいけいじゅん》が巻き添えとなって殺されていたのだが、八右衛門たちは、その一件の調べに来たのだと思われる。

喜三郎を襲って殺したのは、同じ板橋を根城にする博徒の親分、女男《めお》の松《まつ》の助五《すけご》郎《ろう》だろうということを、丹次は昨日、八右衛門の口から聞いていた。

女男の松の助五郎というのは、つい最近、亀戸《かめいど》天神に子分どもを送り込み、『がまの油売り』をしていた春山武左衛門や、亀戸の香具師の親分、長蔵《ちょうぞう》の世話になっている連中の商売を荒らした張本人である。

「不審とは、なんなんです」

声を低めて、丹次は尋ねた。

「いくらなんでも、そいつは言えねぇよ」

九蔵親分が、笑って片手を打ち振った。

「いや、この丑松は、女男の松の助五郎のせいで痛い目に遭った、亀戸の長蔵と多少とも関わりがあるし、長蔵の仲間である初音《はつね》の梅吉《うめきち》に狙われている男だ。耳に入れておけば、この先、おれたちの役に立つことを教えてくれるかもしれないよ」

「なるほど」

九蔵が、小さく頷いた。

「亥之吉、丑松は口が固いよな」

「そう、思います」

八右衛門に問われた亥之吉は、畏《かしこ》まって頷いた。

亥之吉は、人手に渡る直前まで『武蔵屋』の奉公人だった。

佐市郎捜しに手が欲しかった丹次のために、〈亥之吉より以前に奉公していた丑松〉という触れ込みで、元奉公人の弥平《やへい》が口を利いてくれた男である。

「女郎屋に押し込んだのは助五郎と二人の子分らしいが、その狙いが喜三郎だったのか、巻き添えだと言われている医者の方だったのかが、ここに来て、はっきりしねぇのよ」

八右衛門の口から、思いもよらない言葉が出た。

巻き添えで殺されていたのは、信濃国、飯沼藩青山家の江戸屋敷に出入りする藩医、浅井啓順だった。

その浅井啓順が、薬種問屋『鹿嶋屋《かしま》』の上得意ということは、丹次も知っている。

女遊びが好きな浅井啓順の性癖は変わっていて、吉原のような高級な遊郭の女よりも、鄙《ひな》びた岡場所や宿場女郎などを好んだと聞いている。

『鹿嶋屋』の主、源右衛門《げんえもん》と大番頭の弥吾兵衛《やごべえ》は、かねてから手なずけていた板橋の喜三郎や初音の梅吉に命じて、浅井啓順に好みの安女郎を宛がうという接待を重ねさせていたのかもしれない。

そのことが此度《こたび》の不審と関わっているのだろうか。

「狙いが違うといいますと」

丹次は、抱いていた疑問を口にした。

「そのあたりのことを、しょっ引いて聞きたかったのだが、助五郎のやつ、板橋から姿を消してやがった」

八右衛門は、丹次の問いかけには答えず、話をはぐらかした。

「もう少し、この辺りを回ってみますか」

九蔵に問いかけられて、

「そうするか」

八右衛門は、縁台から大儀そうに腰を上げた。

駒込追分で本郷通に出た丹次は、南へと向かった。

右手に傾いた西日の高さから、間もなく七つ（四時頃）という頃合いかもしれない。

庚申塚で八右衛門たちと別れた丹次は、その足を江戸へと向けて急いだ。

本郷四丁目の角を左に曲がると、湯島天神裏を下る坂道となる。

丹次は、『治作店』のある湯島切通町へ足を向けることなく、一気に、天神坂下通まで下ると左へ曲がり、不忍池《しのばずのいけ》の南岸、池之端仲町の通りを上野広小路の方へと急いだ。

三橋に近い仁王門前町の旅籠『佐野屋』の、二階の瓦屋根のあたりに西日が射している。

間もなく、西日が本郷の台地の向こうに沈む時分である。

「ごめんよ」

丹次は、『佐野屋』の土間に足を踏み入れた。

宿を取る旅人の姿はほとんどなく、でっぷり太った女中が、老夫婦の先に立って階段を上がって行くのが見えた。

「おや、あなた」

白髪交じりの番頭が、帳場から出て来た。

「今朝はどうも世話になりまして」

「いえいえ。それで、小春さんには追いつきましたかな」

「それが、岩淵まで行ってみたんですが、とうとう」

丹次が苦笑を浮かべると、

「赤羽の、あの、岩淵にまで」

番頭は、感心したように大きく頷いた。

「ま、どこかの茶店に入ったか、寺に参ったのを知らずに、追い越してしまったのかもしれません」

「なるほどね」

頷いた番頭は、

「それで、今度はなにか」

丹次の顔を覗き込んだ。

「いつとは言えないが、一度、暇を見つけて岩槻に行こうと思うんだが、生憎、岩槻のどこに住んでいるのか知りません。それで、宿帳に書いてある小春さんの住まいを教えてもらいたいんだがね」

「承知しました」

そう口にして帳場に入った番頭は、宿帳を手にして出て来ると、丹次の立つ土間の近くに膝を揃えた。

「お、やっぱり、細かいところまでは書いてありません」

番頭は、眼の前で開いた宿帳を丹次の方に突き出した。

宿帳には、『武州　岩槻　小春』としか記されていない。

「もう長いこと『佐野屋』にお泊まりで、信用もおけるお方には、細かいところは省いて書いていただいてるんですよ」

番頭は、申し訳なさそうな声を出した。

「なんの。手間をかけてすまなかった」

思わず出そうになったため息を飲み込んで礼を口にすると、丹次は『佐野屋』を後にした。

上野広小路の通りに出た途端、丹次は足を止めた。

西日に染まっている通りを、仕事を終えて家路に就く出職の者や担ぎ商いの連中が忙《せわ》しげに行き交っている。

湯島切通町に戻るか、それともどこかへ行くか、往来の人の行き来をぼんやりと眺めた。

小春に辿り着く道がまたしてもここで途切れるか。徒労感を抱えたまま、丹次は山下の方へ足を向けた。


湯島一帯の空は、朝から雲に覆われている。

すでに九つ（正午）を過ぎているが、お天道様は一度も顔を見せていない。

雨が降りそうな雲行きではなかったので、朝餉《あさげ》を済ませた後、丹次は溜まっていた着物や下帯などを洗濯して、井戸端の傍の物干し場に干した。

それからは、家の戸や窓を開けて、久しぶりに埃《ほこり》を掃き出した。

その仕事も四つ（十時頃）には済んだが、『治作店』を留守にするわけにもいかず、家の中でだらだらと、刻を費やすしかなかった。

昨日、落胆して『佐野屋』を後にした丹次は、そのまま『治作店』に戻る気になれず、浅草へと足を延ばしてしまった。

浅草にいる、弟分の庄太《しょうた》を訪ねてみようと思い立ったのだ。

丹次はかつて、浅草、橋場の博徒、欣兵衛《きんべえ》の身内だった。

庄太とはその頃からの付き合いで、丹次が島抜けをして江戸に戻って来てからはすべて承知の上で、佐市郎の行方捜しや、『武蔵屋』を売り飛ばしたお滝と要三郎捜しに力を貸してくれている。

庄太はつい最近、幼馴染のおかねの長屋に転がり込んだが、そこへ行っても二人がいるかどうかは分からない。

それよりも、以前から、丹次と庄太の間に立って用件を知らせてくれていたおかねの仕事場を訪ねた方が、確実と思えた。

おかねは、浅草奥山の水茶屋『三雲屋《みくも》』の茶汲み女である。

夕刻の浅草奥山には芝居小屋や見世物小屋をはじめ、楊弓場《ようきゅうば》や水茶屋もあり、行く夏を惜しむかのような人出で賑わっていた。

「あらら、丑松さんじゃありませんか」

『三雲屋』と書かれた布の下がった葭簀張りの中から、おかねが笑顔を突き出した。

「庄太はどうしてるかね。特に用という用はないんだが」

「丑松さんに用がなくったって、庄太の方が会いたがってましたよ。さっきここに寄ったんだけど、兄ィに教えたいことがあるとかなんとか言ってたもの」

おかねはそう口にしたが、今夜は仕事があると言っていた庄太は、おそらく六軒町の長屋にはいないということだった。

「それじゃ、庄太に、明日は一日『治作店』にいるからって、そう言っといてくれ」

「分かりましたぁ」

明るいおかねの返事を聞いて、丹次は昨夕、浅草を引き上げて来たのである。

明日は一日『治作店』にいる――そう言った手前、家を空けるわけにはいかなくなっていた。

三

微かに鐘の音を聞いたような気がする。

鐘の音に続いて、誰かを呼ぶ男の声がして、床が揺れた。

「兄ィ」

耳元で呼ぶ声が、はっきりと聞こえ、丹次は眼を開けた。

庄太の顔が間近にあり、

「兄ィ、おれだよ」

戸口の土間近くで横になっていた丹次の肩を、片手で揺らしていた。

「お、寝てしまったよ」

丹次は、身体を起こして胡坐《あぐら》をかいた。

曇った路地の向こうから、やはり微かに鐘の音がしている。

上野東叡山《とうえいざん》の時の鐘は、風の具合で強弱はあるが、不忍池の水面を越えて湯島切通町まで鳴り響く。

「何刻だ」

「八つですよ」

小さく笑って、庄太は土間の框《かまち》に腰を掛けた。

いつの間にか、半刻以上も転寝《うたたね》をしてしまったようだ。

「昨日、おかねさんから聞いたが、お前、おれと会いたがっていたってな」

「そうなんだよ」

大きく頷いた庄太は、片方の太腿《ふともも》を板張りに乗せると、半身になって丹次を向いた。

「実はおれも兄ィを見習って、浅草の口入れ屋の仕事をたまに請け負ってるんだよ。ほら、おかねに世話になるばかりじゃ申し訳ないからさ」

「いい心がけだ」

丹次は心の底から、庄太を褒めた。

庄太とおかねは、幼い時分から二年ほど前まで、上野坂本裏町の同じ長屋に暮らしていた幼馴染だった。

それが、つい最近、男と女の仲になって、ひとつ屋根の下に住むようになっていた。

「昨日、日本橋まで車を曳いて届け物をした帰りに、日本橋を室町の方に渡ったところで見たんだよ。ほら、布田《ふだ》の飛脚屋『大坂屋《おおさか》』の要三郎をさ」

「おぉ」

丹次は、思わず声を上げた。

「要三郎の顔つきが強張っていたから、なにかあるなと思って、ここはひとつ、行先を突き止めようと、車を曳いて後を付けたよ。そしたら、通《とおり》二丁目新道の薬種問屋『鹿嶋屋』に入って行ったんだ」

「うん」

思わず、丹次の背筋が伸びた。

「なんだか面白くなりそうだったんで、通りの陰から『鹿嶋屋』の表を見ていたら、見覚えのあるやつが現れやがったよ」

見覚えのあるやつというのは、その前日、初音の馬場で庄太をいたぶろうとした男二人だった。

その二人は、四十くらいの男に従っていて、顎《あご》の尖った細身の男と頬に傷のある男だったということから、初音の梅吉の子分に間違いあるまい。四十くらいの男は、おそらく初音の梅吉だと思われる。

「『鹿嶋屋』に現れた四十くらいの男は、連れて来た男二人を通りに待たせて、路地の奥の裏口から母屋《おもや》に入って行ったよ。名前は聞いていたが、あれが初音の梅吉ですか」

庄太は、得心して唸《うな》ると胸の前で腕を組んだ。

住まいのある橋本町四丁目の近くに、初音の馬場があることから、男は初音の梅吉と呼ばれていた。

「要三郎にしても梅吉にしても、しかめっ面をして『鹿嶋屋』に入って行ったが、なにがあったんでしょうね」

庄太に問いかけられたが、見当もつかず、丹次はただ首を捻《ひね》った。

その時、戸口に影が射した。

開けっ放しの戸の外に立ったのは、亥之吉である。

「お客でしたか」

亥之吉は、框に掛けた庄太を見て軽く頭を下げた。

庄太と亥之吉が、これまで顔を合わせたことがなかったことに気付いて、

「狭いが、入ってくれ」

丹次が促すと、土間に入り込んだ亥之吉は、庄太と並んで框に腰を掛けた。

「この男は、おれが『武蔵屋』をやめた後、奉公人になった亥之吉さんというんだが、今は神田佐久間町の九蔵親分の下っ引きだよ」

笑みを浮かべて口にしたが、庄太は一瞬、「え？」と、顔を曇らせた。

それには構わず、

「亥之吉さんには、下っ引きの仕事の合間に、佐市郎旦那捜しに力を貸してもらってるんだ」

丹次がそう続けると、

「あぁ」

庄太は大きく頷いた。

「こいつは、おれが『武蔵屋』をやめた後、浅草で知り合った庄太というんだ。今は、口入れ屋から仕事をもらって暮らしを立ててるが、この男にも佐市郎旦那捜しに一枚嚙んでもらってるんだよ」

「そうでしたか。今後とも、ひとつよろしゅう」

亥之吉がそう挨拶をすると、庄太も、

「こちらこそ」

と言い、二人は丁寧に頭を下げあった。

「それで、亥之吉さん、今日はなんだい」

「実は、『鹿嶋屋』がなにか、こそこそ動いてまして」

亥之吉は、声をひそめて切り出した。

「今、そのことを庄太からも聞いたところだよ」

丹次に呼応して、庄太は亥之吉に向かって小さく頷くと、

「布田の飛脚屋の主、要三郎や香具師の梅吉が『鹿嶋屋』に入って行ったことを知らせたばかりで」

「うちの親分は、その他にも、内藤新宿の金蔵《きんぞう》や亀戸の香具師、長蔵が『鹿嶋屋』に入って行くのを見たそうです」

「金蔵もねぇ」

丹次の口から呟きが洩れた。

金蔵は、亀戸の長蔵や初音の梅吉、先日殺された板橋の喜三郎を束ねていた香具師の元締で、青梅街道と甲州街道の追分近くに住んでいることから、追分の金蔵とも呼ばれている。

「『鹿嶋屋』で顔を合わせてからというもの、香具師の連中は、板橋の博徒、女男の松の助五郎捜しに血眼になってます」

そう口にした亥之吉は、仲間の香具師連中が、喜三郎の敵《かたき》を討とうとしているのだろうと付け加えた。

「香具師の仲間が動くのは分かるが、なんでまた『鹿嶋屋』にそいつらが集まったんだ。なんだか、『鹿嶋屋』が助五郎捜しの音頭を取ってるみてぇじゃねぇか」

丹次の意見に、亥之吉と庄太は首を傾げた。

「その辺のこと、おれが探ってみますよ」

庄太が口を利くと、

「それはあっしも気にかけておきますんで、これからは、庄太さんと時々会って、見聞きしたことをすり合わせるというのはどうでしょう」

「それは是非」

庄太は、亥之吉の申し出を、意気に感じたようだった。

丹次には、有難く、また心強い連携である。

「話は変わるんだが、亥之吉さん」

「なにか」

亥之吉が少し畏まった。

丹次は、かつて『武蔵屋』の奉公人だった小春の、岩槻の住まいを調べてくれないかと持ち掛けた。

「ひと月ほど前、昔小春を『武蔵屋』に斡旋した『喜熨斗《きのし》屋』を訪ねて、『武蔵屋』をやめた後の働き先を聞いたことはあったんだが、詳しい生まれ在所のことは聞いていなかったんだ。もう一度訪ねてもいいんだが、怪しまれると厄介だ。それで、下っ引きの亥之吉さんなら、向こうさんも御用の筋と得心して、証文を見せてくれるんじゃないかと思ってさ」

「お安い御用ですよ」

亥之吉は、帯に挿していた十手を軽く叩いてみせた。


分厚い雲に覆われた人形町の通りは、日暮れたように暗い。

七つ（四時頃）の鐘が鳴ったばかりだから、いつもなら、町々は西日を浴びて輝いている時分である。

丹次は、相次いで現れた亥之吉と庄太と共に、湯島切通町の『治作店』を後にした。

「あっしは一旦、九蔵親分のところに顔を出しますんで、ここで」

亥之吉は、神田川北岸の火除《ひよけ》広道に差し掛かったところで、九蔵の住まいのある神田佐久間町へと足を向けて行った。

「こっちに来たついでに、おれは『鹿嶋屋』の近辺を歩いてから、浅草に戻りますよ」

そう言っていた庄太とは、日本橋の表通りで別れて、丹次は本石町《ほんこくちょう》の時の鐘の方へと曲がったのである。

日本橋、住吉町に住むお杉を訪ねるつもりだった。

『八兵衛店《はちべえだな》』の木戸を潜《くぐ》ると、五軒長屋が二棟向かい合っている。

その左側の一番奥が、お杉と亭主の徳太郎《とくたろう》が暮らす家である。

五軒長屋が向かい合う路地を奥に向かうと、お杉の家の戸口から、煙が流れ出ていた。

「夕餉の支度かい」

戸口に立った丹次は、土間の竈《かまど》で火を熾《おこ》していたお杉に声を掛けた。

「あ、おいでなさい」

丹次を振り向いたお杉が、竈に息を吹きかけると、煙っていた薪がぼっと音を立てて燃え上がった。

「これでよしと」

竈に載っていた釜の蓋を少しずらすと、お杉は腰を伸ばした。

「もしかしたら近々、岩槻の小春の住まいが分かるかもしれないよ」

「ほんとうですか」

目を丸くしたお杉が、土間に下駄を脱いで板張りに上がった。

丹次は、口入れ屋『喜熨斗屋』に、小春の証文があるはずで、その調べを亥之吉が請け負ってくれたと伝えた。

「それよりもお杉、小春が、湯島のおれの家を訪ねてくれたんだよ」

かみしめるように言って、丹次は框に腰を掛けた。

「えっ」

それだけ口にして、お杉は声を詰まらせた。

「だが、その時は出かけていて会えなかったんだ。翌朝、いつも泊まるという旅籠『佐野屋』に駆け付けたんだが、一足遅く、小春は半刻前に宿を出てしまっていたよ」

丹次が、その後、小春を追って岩淵宿まで行ったものの、見つけることが出来なかったことを打ち明けると、お杉の口から、せつなげなため息が洩れ出た。

「けどお杉、なにもがっかりすることはないよ。小春がおれを訪ねて来たってことは、兄貴との隔たりが縮まったってことなんだよ。だから、そのうちきっと」

「佐市郎旦那に、行き着けますかね」

丹次の言葉を遮ると、お杉は身を乗り出して問いかけた。

「あぁ」

丹次は、確信を込めて大きく頷いた。そして、

「小春の住まいが分かったら、すぐに岩槻に行くつもりだが、おれは、丹次とは名乗らないよ」

とも、口にした。

一瞬、目を丸くしたお杉だったが、小さくうんうんと頷いた。

『武蔵屋』の次男坊の丹次が八丈島に流されたことを、小春も知っていると思っていた方がいい。

そんな相手に丹次と名乗れば、もしかすると厄介なことになりかねない。

「だからおれは、あくまでも丑松と名乗って、死んだ番頭の粂造さんの遺志を継い

で、佐市郎旦那の行方を捜していると言うつもりだよ。粂造さんが死んだ後は、お杉の世話になりながら捜し続けているとでも言うから、そのことを承知しておいてもらいたいんだ」

「分かりました」

頷いたお杉は、ふと、

「でも、佐市郎旦那に会う段になれば、島抜けしたことが小春にも知れるんじゃ」

「だからな、お杉、小春に会って、兄貴が傍にいると打ち明けられても、おれは、兄貴とは会わないよ」

「でも」

「会えないよ」

丹次は、悲しげな顔をしているお杉に、笑ってみせた。

「おれは、島抜けをした大罪人だ。兄貴にしても、そんなおれを近くには置いておけないし、おれにしても、のほほんと傍にはいられやしないよ。だから、兄貴と顔を突き合わせる時は、最後の別れの時しかないんだよ」

丹次は、極力淡々と口にしたつもりだが、聞いていたお杉は途中から項垂《うなだ》れて、指で何度か目尻を拭った。

「こりゃ丑松さん」

戸口に立った徳太郎が、笑みを向けた。

「邪魔をしていたよ」

「なんの」

鋸《のこ》の目立てを生業《なりわい》にしている徳太郎が、担いでいた道具袋を下ろすと、ふとお杉に眼を留め、

「なんだい。泣いてやがったのかよ」

と、首に掛けていた手拭いを外した。

「実はね、どうやらそろそろ、兄貴の居所に辿り着きそうだって話をしてたとこなんだよ」

丹次がそう言うと、徳太郎は、

「それで泣くのはまだ早《はえ》ぇだろ。泣くのなら、佐市郎さんと会ってからにしたらどうだい」

と、女房に憎まれ口を叩いた。

するとお杉は、徳太郎に向かって素直に、うんうんと頷いてみせた。

四

銀座から東方に延びている難波町裏河岸《なにわちょううらがし》は、先刻より更に暗くなっている。六つ（六時頃）時分は、いつもなら、町も水面も西日に輝いているはずだった。朝から空を覆っている雲は、薄日も洩らさぬほどの分厚さがあるようだ。

住吉町のお杉の家を後にした丹次は、一旦、足を神田方面に向けたのだが、すぐに思い直して、浜町堀へと向かっていた。

浜町堀の西緑河岸を北に向かえば、千鳥橋の袂《たもと》に、居酒屋『三六屋《みろく》』がある。

そこの女主のお七《しち》は、香具師の親分、初音の梅吉の情婦だった。

従って、子分の何人かは時々飲み食いをしに来ていたから、梅吉の動向が窺《うかが》えたのだ。

しかし、二日前の夜『三六屋』の客になった丹次は、お七の口から、梅吉とは切れたと聞いていた。

その仔細は知らないが、

『どうせ、本所の若い女一本に絞るつもりになったに違いありませんのさ』

一昨日、お七の口からそんなことを聞いた。

切れるに際し、梅吉はお七に『三六屋』を置き土産にしたという。

別れたとは言え、梅吉一家の噂くらいは耳に入っているのではないかと踏んで、丹次は『三六屋』を目指したのである。

明かりの灯った『三六屋』の軒行灯《のきあんどん》の下に立つと、丹次は細く開いた戸の隙間から店の中を覗いた。

何度か見かけたことのある梅吉の子分の顔があったら、このまま立ち去るつもりだった。

店内には、荷を脇に置いて飯を食う担ぎ商いの男や女、大工や左官の半纏を着た職人の姿があるくらいで、梅吉の子分らしい男はいない。

丹次は思い切って戸を開けた。

「いらっしゃい」

空いた器をお盆に載せたお七が、笑みを浮かべて板張りから土間に下りた。

「お好きなところへどうぞ」

「じゃ、あそこに」

丹次は、土間の奥を指さすと、

「まずは、酒と摘《つま》みをもらいましょう」

と口にして、板場の出入り口に近い板張りに上がり込んだ。

「少しお待ちを」

お七はそう言って、板場に入って行った。

板場の中は見えないが、白髪交じりの料理人、久兵衛《きゅうべえ》が包丁を振るっているに違いない。

二日前の夜、酒を酌み交わしながら、お七の生い立ちを聞かされたことを思い出した。

武州の飯能《はんのう》で生まれ、十二の年に同じ飯能のお蚕屋の糸繰りとして住み込み奉公に出て、その後、江戸に流れ着いたのだが、生家には一度も帰ったことがないと、苦笑いを浮かべていた。

「ご一緒していいかしら」

徳利《とつくり》と肴の小鉢、二つのぐい飲みを載せたお盆を置くと、お七が丹次の顔色を窺った。

「おれはいいが」

丹次は、他の客の方に顔を向けた。すると、

「なにか注文があれば、あたしはここにいますから、遠慮なく声を掛けてくださいな」

お七が客たちに声を掛けると、分かったよと、客の何人かから返事があった。

「最初だけ注がせて」

土間に足を置いたまま框に腰掛けたお七が、徳利を摘んで勧めた。

「じゃ」

丹次は、お七の酌を受けた。

「あたしはいいの」

丹次が徳利に手を伸ばそうとすると、お七は断わって手酌をした。

丹次とお七は、なんとなく掲げ持ってから、ぐい飲みを口に運んだ。

「ちょっと、聞きにくいのだが」

二杯目を飲んだ後、丹次が切り出した。

「なにか」

「初音の親分のところの様子は、ここにも伝わってくるのだろうか」

「どうして」

丹次を見たお七が、口に運びかけたぐい飲みを止めた。

「初音の親分が子分に命じて、丑松捜しをしていたことは、お七さんもご存じでしたね」

「えぇ」

小さく答えると、お七はぐい飲みを口に運んだ。

「その、丑松捜しが、今でもまだ続いているのかどうかを知りたかったもんで」

「小耳に挟んだところじゃ、梅吉にしろ亀戸の親分にしろ、人捜しをしているらしいけど、どうやら、丑松さんじゃなさそうですよ」

お七の言葉に、丹次は二、三度、小さく頷いた。

梅吉らが捜しているのは、亥之吉がもたらした話の通り、板橋の博徒、女男の松の助五郎に違いなかった。

「梅吉と切れてからも、若い衆の何人かは飲みに来てくれるんですよ。どうやら、遠慮しないで行ってやれと、梅吉に言われているようですけど」

「優しいんだな」

丹次は、お七を見て微笑んだ。

「なぁに、あたしに恨まれたくないだけのことですよ」

ふんと、小さく笑ったお七はぐい飲みの酒を飲み干した。

徳利を手にして注ぎかけた丹次は、軽く振ってみた。

「ありませんか」

お七に尋ねられて、

「残り少ないので、もう一本もらいます。それと、冷奴と、なにか魚を焼いてもらいましょうか」

「はい」

お七は頷いて、框から腰を上げた。

釣瓶《つるべ》を落とすと、井戸の底から水音が湧き上がった。

釣瓶を引き揚げた丹次は、井戸端に置いた桶に水を注いだ。

『治作店』の路地に朝日が射し込んでいる。

湯島切通町の高台にある『治作店』は、夕方は他所《よそ》より早く日が翳《かげ》るのだが、朝は早くから日を浴びる。

丹次は、桶の水で顔を洗った。

浜町堀の『三六屋』で飲み食いをした翌朝である。

昨夜の酒が幾分残っているのか、少し火照った顔に井戸水が心地よい。

射し込む日の加減から察するに、六つ半（七時頃）という時分だろうか。

『治作店』の周辺は穏やかに静まり返り、不忍池の方からだろう、うるさく騒ぎ立てる鳥の声が届いている。

多くの住人たちはとっくに朝餉を済ませ、『がまの油売り』の春山武左衛門や鍋、釜の修繕をする鋳掛《いかけ》屋の与助《よすけ》は、いつものように、日の出前に仕事に出かけたものと思われる。

「さてと」

洗った顔を拭いて、桶の水を井戸端に流すと、丹次は呟いた。

朝餉をどうするか、思案している。

昨夜は外で食べたから、うちに残り物はない。だが、今から作るとなると億劫《おっくう》である。となると、近くの飯屋に行くしかなかった。

自分の家に戻った丹次は寝巻を脱いで、衣紋掛けに吊るしていた白緑色に子持格子の柄の浴衣を外して、着込んだ。

押入れを開けて、行李《こうり》の中にしまっておいた巾着を摑んだ時、

「丑松さん」

戸口の方から聞き覚えのある声がした。

路地から、顔だけ家の中に突っ込んでいるのは、亥之吉である。

「早いな」

丹次はそう口にして、入んなよ、とも声を掛けた。

「早く知らせた方がいいと思いまして」

亥之吉は土間に足を踏み入れると、

「昨日、あれから九蔵親分のところに顔を出した後、口入れ屋の『喜熨斗屋』へ行って来たんですよ」

「それで」

丹次は、思わず足を一歩踏み出した。

「『喜熨斗屋』の主は几帳面な人で、古い証文を取ってあって、その中に小春さんのものも残ってました。ですがね、その証文には、生国は武州岩槻と書いてあるんだが、どこの町なのか村なのか、細かい土地の名はありませんでした」

「そうか」

土間の前に座り込むと、丹次は小さくため息をついた。

「丑松さん、こうなったらもう、岩槻に行ってみたらどうです」

「けど、おれは岩槻を知らんのだ。行ってみて、広すぎたら、どうやって捜したらいいか」

丹次が呟くと、立っていた亥之吉が框に腰を掛けた。

「昨日、ここから神田広小路に行く途中、おれと庄太さんに話をしてくれたじゃありませんか。小春さんに辿り着いた経緯を」

そう切り出した亥之吉に、丹次は頷いた。

丹次がもらった草履の包み紙にあった、藍一色で刷られた『忘れ草』の花の絵から始まった調べの経緯を、二人に話したのだ。

「その絵は、岩槻から蔵前の人形屋に届いた荷物の中に入っていたということでしたね」

「ああ」

「ということは、蔵前の人形屋に行って、岩槻のなんという人形師から仕入れているのかを聞けばいいんじゃありませんか」

亥之吉のあまりにもあっさりとした物言いに、丹次はぽかんと口を開けた。

「なにか」

亥之吉が、黙り込んだ丹次を訝《いぶか》しげに見た。

「いや、そうだよ、亥之吉さんの言う通り、あれこれ思案しなくても、その手があったよ。すまねぇ」

丹次は膝を揃えて、頭を下げた。

「それで、どうしますか」

「とにかく、旅支度をして、蔵前の人形屋『祥雲堂』に行って、人形師の名を聞いたら、そのまま岩槻に向かうことにする」

「それがいいね」

頷いて、亥之吉は腰を上げると、

「それじゃ、あっしはこれで」

軽く一礼して、路地へと出て行った。

やはり、御用聞きの下っ引きだけのことはある——腹の中で、亥之吉の進言に礼を述べると、丹次は弾かれたように腰を上げた。


日光御成街道は、中天に昇った日の光を浴びている。

秋まではまだ間があるが、時々、涼風が流れるせいか、歩くのに難儀することはなかった。

九つ（正午）の鐘を聞いてから江戸を発った丹次は、間もなく王子稲荷に差し掛かろうとしていた。

亥之吉が帰るとすぐ旅支度に取り掛かったのだが、此度の道中には万全を期することにした。

二日前、先に発った小春を追った時、道中、役人の人改めに遭遇したことから、身分などを示すものが要ることに思い至ったのだ。

往来手形らしいものを持って行くことにして、『治作店』の大家、富市に頼むと、

〈この丑松と申す者、江戸、湯島切通町『治作店』に住まいする者に相違なく御座候。江戸、湯島切通町『治作店』家主　富市〉

というような書付をくれた。

『治作店』の持ち主は日本橋の茶問屋で、富市は家主に代わって管理を請け負っている大家だが、証文に署名する時は〈家主〉と記すのだという。

その書付と、押入れの行李の中に入れてあった、藍一色で刷られた『忘れ草』の絵を懐にねじ込むと、丹次は菅笠を手に『治作店』を後にした。

真っ先に向かったのは、浅草蔵前の人形屋『祥雲堂』である。

持参した『忘れ草』の刷り物を見せて、訪ねたわけを説明すると、手代の一人が幸いにも丹次を覚えていた。

『わたしどもが仕入れている岩槻の人形師さんは、一人しかいらっしゃいません。岩槻は大工町の人形師、高右衛門《こうえもん》さんです』

手代が教えてくれた人形師の名と住まいを書き付けてもらうと、それも懐に忍ば

せて、『祥雲堂』を後にしたのである。

富市がくれた書付と、人形師の名の記された紙片を持っていれば、岩槻に向かう事情も分かり、役人に誰何《すいか》されても心配することはあるまい。

丹次は、軽やかに歩を進めた。


丹次が、日光御成街道、岩淵宿に着いたのは、夕刻七つ（四時頃）過ぎだった。

岩淵から岩槻まで、まだ五里（約二十キロ）以上ある。

このまま岩槻に向かえば夜に掛かり、泊まれる旅籠があるかどうか不安である。

だがせめて、船で荒川を渡り、対岸の川口に進んでおきたかった。

二日前、小春が現れるのを待った船着き場に行くと、船渡しの刻限は過ぎていた。

「川口に渡っても、どうせ旅籠はないから諦めな」

渡し場の老爺《ろうや》は、意外なことを口にした。

岩淵と川口は、十五日代わりで宿を開くのだという。

月の前半の十五日間は川口が旅籠を開き、後半の十五日間を岩淵が開くことになっているのだった。

丹次は、岩淵で旅籠を探すことにした。

五

翌、六月二十二日。

日の出とともに旅籠を出た丹次は、三文の船渡し賃を出して荒川を渡った。

川口を通り過ぎると、鳩ケ谷《はとがや》、大門《だいもん》を経て、正午まであと半刻という、四つ半に武州埼玉郡、岩槻に足を踏み入れた。

岩槻は、大岡主膳正《しゅぜんのかみ》家、二万石の城下町であった。

藩主は、江戸幕府草創期の高力《こうりき》家以来、青山家、阿部家など幾つかのお家が務めたが、文政四年の今は、大岡家で落ち着いている。

「あぁ、大工町の高右衛門さんなら、この先を右へ曲がった辺りですよ」

丹次が、通りがかりの車曳きに道を尋ねると、半町（約五十メートル）ほど先を指して、そう教えてくれた。

半町ほど先には、蔵を備えた呉服屋があり、丹次は店を越えたところで右へ入り込む小路へと曲がった。

そこから、さらに半町ばかり進んだ辺りで、表の軒下に『人形』と書かれた掛け看板が見えた。

「人形師、高右衛門さんのお宅はこちらでしょうか」

戸障子の開いた、間口二間《けん》（約三・六メートル）の入り口から土間に入り込んだ丹次は、丁寧に口を利いた。

桝形《ますがた》に作られた土間の一方は板張りに沿って、暖簾の掛かった奥へと繫《つな》がっており、板張りでは、若い男が二人、作業台に向かって木を削ったり、錦の端切れを縫い合わせたりしていた。

「そうですが、なにか」

丹次に素っ気ない返事をしたのは、端切れを縫い合わせていた三十ほどの男だった。

「実は、江戸は蔵前の『祥雲堂』さんから、こちらを伺ってお訪ねしたのですが」

軽く頭を下げると、男二人は手を止めて丹次を向いた。

「おいでなさいませ」

土間の奥の暖簾を分けて現れたのは、箒《ほうき》と塵取《ちりと》りを手にした下働きの女中のようだった。

「あ、おときちゃん、旦那さんは奥においでかい」

木を削っていた四十ほどの男が、箒を手に現れた女に声を掛けた。

「ほんの少し前、材木屋さんに行くと言って、出かけられました」

そう言うと、通りへと出て行った。

「いえなにも、人形師の高右衛門さんに用事があるというわけじゃありませんで」

丹次はそう言うと、懐から藍一色で刷られた『忘れ草』の絵を広げて見せ、ある人からもらった草履が包まれていたもので、もとは、『祥雲堂』の人形を包んでいた傷み避《よ》けの紙だと口にした。

更に、この絵に似た刷り絵を扱っている、江戸、神田の小間物屋『桐生屋』に聞いて、岩槻から来る小春という女が月に一度、出来た絵を納めに来ていることも突き止めた上で来たのだと説明した。

「ところが、その女の岩槻の住まいは知れず、『祥雲堂』さんにやっとのことでこちら様の名を聞いて、こうして訪ねてまいったのでございます」

丹次が事を分けて説明すると、作業を中断した男二人が土間近くにやって来て、広げた刷り物に見入った。

「たしかに、江戸の何軒かの人形屋さんに送る時は、藁やら反故やらを隙間に詰めていますが、この紙で包んだかどうかは、覚えがありませんな」

「たまたまうちにあった不要の紙だったと思いますよ」

年若の男が、年上の男に同調した。

そこへ、箒と塵取りを手に表から戻って来た下女が、土間の奥へ行きかけて、ふと足を止めた。

「あ、わたし、その絵覚えてる」

下女が、ぽつりと口にした。

「わたしが好きで集めていた絵だったのに、この前やめて行った住み込みのお藤《ふじ》ちゃんが、うっかり人形の詰め物に出してしまったって言ってたうちの一枚だよ」

そう言うと、

「へぇ、巡り巡って戻って来たんだねぇ」

下女は、『忘れ草』の刷り絵を眺めて、満面に笑みを浮かべた。

「お聞きしますが、この絵は、岩槻のどこで誰が作ってるんでしょうか」

逸《はや》る気持ちを懸命に抑えて、丹次は尋ねた。

「誰が作ってるかまでは知らないけど、売ってるのは、新小路の小間物屋『蓬春《ほうしゅん》堂《どう》』だよ」

そう言うと、下女は、『忘れ草』の刷り絵を丹次に差し出した。

「けど、これはあなたのものでは」

受け取るのを躊躇《ためら》うと、

「『蓬春堂』さんに行って、この絵のことを尋ねるなら、持って行った方が通じやすいんじゃないかね」

「ありがとう存じます」

深々と腰を折った丹次は、下女が差し出した『忘れ草』の絵を受け取った。


人形師、高右衛門家の下女から聞いた道を行くと、四半刻の半分くらいを歩いて小間物屋『蓬春堂』の前に着いた。

東方に岩槻城を望める商業地の一画にある小ぶりな二階家で、店は一階にある。

戸の開け放たれた間口は一間ほどの広さだが、奥行きがあった。

「ごめんなさい」

店の中に足を踏み入れた丹次が声を上げたが、返答はない。

声が届かないのかと、櫛《くし》や簪《かんざし》、半襟に紅白粉《べにおしろい》、千代紙に扇子《せんす》、それに画材など、雑多な小間物の並ぶ棚を見ながら奥へと足を進めた。

「もし、ごめんなさい」

もう一度声を上げると、

「はいはい」

男の声がして、店の奥から、年の割にやけに黒々と艶のある髪をした五十搦《がら》みの男が、帳場に現れた。

「年を取ると耳が遠くなりまして」

五十男は、揉み手をしながら、土間に下りた。

「ちと、ものを伺いたくて尋ねたんですが、こちらのご主人で」

「へぇ、治助《じすけ》と申しますが、なんでございましょう」

治助は、少し改まった。

「これを見てもらいたいんだが」

丹次が、懐から出した刷り絵の紙を広げると、

「お、『忘れ草』ですな」

手に取って見た治助は、花の名をさらりと口にした。

「これは、この春、店に並べたものですが、これがなにか」

はるばる訪ねて来たというのに、あまりにもあっさりとした治助の物言いに、丹次は戸惑ってしまった。

「この絵を作っているのが誰か、だ、だ、誰がここに持ち込むのかを、教えてもらいてぇ」

丹次の口調が、つい伝法になった。

「あ、来ましたよ」

ふと、表の方に眼を向けた治助が、丹次に言った。

丹次の眼に、表の光を背負って入って来た女の影が飛び込んだ。

近づいて来た女は、二十五、六だろうか、鼠色の絣《かすり》の着物に、同色の裁着袴《たつけばかま》を穿《は》き、片手に竹の籠を下げている。

「こちらがね、この絵のことをお尋ねなんですよ」

治助が、『忘れ草』の絵を女に見せた。

絵を見た女は、すぐに丹次に眼を向けた。

「もしかして、丑松さんでしょうか」

女は、訝るような声を出した。

「はい、丑松と申します。あなた、小春さんで」

丹次が掠《かす》れ声で尋ねると、

「はい」

小春が、小さく頷いた。

丹次は、先日『治作店』を訪ねてくれたのに、留守をしていたことを詫びた。翌朝、住人に話を聞いて上野の旅籠『佐野屋』に駆け付けたものの、小春は発った後だったことも打ち明けたが、岩淵まで追ったことは余計なことと思い、省いた。

「それで、わたしを捜しておられたわけはなんでしょう」

小春は、くっきりとした黒眼を丹次に向けた。

「それが、少々込み入ってまして」

正直なところ、小間物屋の店先で話せるような内容ではない。

それを察したのか、

「この先にお菓子屋がありますから、そこでお話を伺いたいと思います」

小春に、そう持ち掛けられた丹次は、大きく頷いた。


小春に案内された菓子屋は、小間物屋『蓬春堂』から十間（約十八メートル）ほど離れたところにあった。

通りに面した店先で菓子を売り、土間奥には床几《しょうぎ》が並べられ、そこで菓子や茶が供されるようになっている。

小春に勧められるまま、丹次は茶と饅頭を頼んだ。

「わたしは、七年ほど前、『武蔵屋』の下男をしておりました」

注文を済ませるとすぐ、丹次は話を切り出した。

「たった一年でやめたんですが、番頭の粂造さんや台所女中のお杉さんにはよくしていただきましたよ」

「あぁ、わたしが『武蔵屋』さんに奉公したころは、とっくに番頭はやめておいででした。でも、粂造さんの名はいろんな人から聞いています」

小春の言うことに間違いはなかった。

小春が『武蔵屋』に雇われたのは、粂造をやめさせたお滝が、その後釜に情夫の要三郎を据えた後のことである。

「わたしは、四、五年ばかり江戸を離れていたんですが、この四月に戻って来たら、『武蔵屋』がなくなっているじゃありませんか」

丹次がそう言うと、小春は小さく頷いた。

二人に茶と菓子が運ばれて来ると、少し間を置いてから、丹次は話し出した。

『武蔵屋』に出入りしていた酒屋、青物屋などを尋ね歩いてやっと、粂造が下谷山崎町に住んでいると知り、会いに行ったと、作り話を交えて事情を伝えた。

「そこでやっと、『武蔵屋』が人手に渡ったいきさつを知りましたよ。佐市郎旦那の嫁になったお滝という女が、粂造さんの後釜にした要三郎という番頭とつるんで、『武蔵屋』をいいようにした挙句、売り飛ばした金もろとも姿を消したということでした」

丹次の話に、小春はただ、小さく相槌を打つだけだった。

「三月《みつき》ばかり寝たり起きたりしていると言っていた粂造さんが気にしていたのは、眼の悪くなった佐市郎旦那の行方が知れないということでした。旦那が哀れで、死んでも死にきれないと言っていた粂造さんは、わたしが訪ねた翌日、死んだということでした」

「そうですか」

小春は、消え入るような声を出した。

「わたしはその後、粂造さんから聞いていた台所女中のお杉さんの住まいを訪ねました」

本当は、博徒の子分だったころの弟分、庄太に捜し当ててもらったのだが、それは伏せた。

そして、佐市郎の行方についてはお杉も気を揉んでいて、『武蔵屋』に最後まで奉公していた、居所の知れている、元女中のお美津《みつ》、おたえ、小僧の亥之吉などと会って心当たりを聞いたが、佐市郎の行方は誰一人知らなかったのだと、丹次は話した。

「小春さんの名も出たんですが、やっと行先が分かって亀戸の料理屋に行ってみると」

「あそこは、火事になりましてね」

小春が呟いた。

「それで、小春さん捜しの糸が途切れ、諦めていた時に、この『忘れ草』がきっかけでまた糸が繋がったんですよ」

丹次は、『忘れ草』の絵を取り出して、床几に置いた。

もらった草履を包んでいた絵を目の当たりにして、丹次は、『武蔵屋』で奉公していた時分、蔵のある裏庭で花の絵を描く佐市郎を見かけたことがあるのを思い出した。

その時佐市郎が、見入っていた丹次に、

『これは〈忘れ草〉っていう花だ』

と、教えてくれたのだが、それが、藍一色の『忘れ草』の出所を捜し求める契機になったのだと、話を作った。

「そして、やっとのことで、神田金沢町の小間物屋『桐生屋』さんに辿り着いたのです。そこで、この刷り物は岩槻から来る小春という人が、月に一度納めに来ていると、分かりまして」

丹次は一気に話し終えた。

「この刷り物から、よくもまぁ」

『忘れ草』の絵を手にすると、小春の口からしみじみとした声が洩れた。

「それで、あの」

「佐市郎様は、岩槻においでですよ」

小春は、丹次の言葉を遮って、肝心のことを笑顔で口にした。

あぁ――心の中で丹次は太く叫んだが、声にはならなかった。

「『武蔵屋』さんが人手に渡った朝のことは、忘れもしません」

ひとつため息をついて、小春が話し始めた。

その日の早朝、破落戸《ごろつき》のような連中が雪崩《なだ》れ込んで来て、住み込みの奉公人は無論のこと、佐市郎にまで出て行けと怒鳴ったという。

破落戸というのは、おそらく初音の梅吉の子分どもだろう。

『武蔵屋』の奉公人たちは、自分の持ち物を持ち出す間もなく、破落戸に追われるようにして表に出された。

小春は、不自由な眼でおろおろしていた佐市郎の手を取って、騒乱の『武蔵屋』から逃げ出したのだった。

その日は、馬喰町《ばくろちょう》の旅人宿に泊まったという。

次の日、『武蔵屋』の様子を見に行ったが、大戸は閉まったままで、人の気配はなかった。

次の日も『武蔵屋』の近くに行ったが、奉公人の誰とも会うことはなかった。

佐市郎も小春も、粂造やお杉の住まいがどこか、知らなかったため、どうにも身動きがとれなかった。

『武蔵屋』を出る時、佐市郎と小春は、合わせて三両（約三十万円）以上の金を持ち出していたので、すぐに困ることはなかった。

『武蔵屋』が人手に渡ったのは文政二年の師走である。

「働かなきゃならないから」

と、小春が口入れ屋の『喜熨斗屋』に頼んで、亀戸の料理屋に口を利いてもらったのが、文政三年の二月だった。

だが、ひと月後の三月に料理屋は火事で焼け、佐市郎の面倒をみていた小春は途方に暮れてしまった。

「江戸に来る前、一時、働いていた旅籠で世話になった、秀五郎《ひでごろう》という下働きのお爺さんを頼ることにして、岩槻に戻ったんです」

小春と佐市郎は、一人暮らしをしていた秀五郎の住む百姓家に転がり込んだ。

そこに落ち着いてしばらくすると、佐市郎は花の絵を彫り出した。

絵は、描いてもどんなふうな形か、眼の悪い者には判然としないが、彫刻刀で彫れば、その線を指で触れて、己が描く形を思い浮かべることが出来る。佐市郎は刷り絵にのめり込んだという。

小春と佐市郎は、昨年文政三年の秋に秀五郎が死んだ後も、同じ家に住んでいるのだった。

「丑松さん、これからわたしと一緒に家に行きましょう」

小春の突然の誘いに、丹次は返事に窮した。

「佐市郎様に会って、江戸の、お杉さんたちの話をしてください」

小春の誘いに、うんと、返事をしたかった。

しかし、会えば、丑松が丹次だということに、佐市郎は必ず気付く。

それは、避けなければならない。

「いや、今日は、遠慮しましょう。お杉さんからも、会うようにとは言われてませんし、佐市郎旦那がこの岩槻においでだということさえ分かれば、わたしとしては、一安心ですので」

理由にならない理由を弄して、丹次は佐市郎との対面を避けることにした。

「その代わりに、今お住まいの百姓家の地名を教えてくださいい。お杉さんに知らせないといけないので」

そう言って矢立を出すと、

「武州、岩槻大字《おおあざ》木曽良《きそら》」

小春が口にした地名を、丹次は紙に書いた。

「それじゃついでに、お杉さんの住まいを書いて、小春さんにお渡ししますよ」

別の紙に、お杉が住む『八兵衛店』の場所を記すと、小春に渡した。

「丑松さんは、字がお上手」

「そりゃ、どうも」

丹次は、なんとも歯切れの悪い受け答えをしてしまった。

「それで、江戸にはいつお戻りですか」

「へぇ。これから戻っても夜に掛かりますので、今夜はこちらに泊まって、明日の早朝、発とうと思います」

そう返事をして、丹次は頭を下げた。


小間物屋『蓬春堂』からほど近い旅籠に入った丹次は、部屋に入るとすぐ、腰を落ち着ける間もなく、表へと急いだ。

「お出かけですか」

旅籠の土間で、番頭に声を掛けられた丹次は、

「大字、木曽良というところに行きたいんだが、どう行ったらいいかね」

小春と佐市郎が暮らしているという、百姓家のある場所を尋ねた。

小間物屋の『蓬春堂』に行って、主の治助に聞こうと思っていたが、旅籠の番頭なら、土地のことは知っているに違いなかった。

案の定、番頭は丹次が尋ねた場所を知っていて、道順を教えてくれた。

その家のある場所は、城の南方、荒川の流域に近い田圃《たんぼ》や畑地の広がる辺りだっ

た。町中から少し離れた、小高い丘の麓《ふもと》である。

通りがかりの百姓に、秀五郎が住んでいた百姓家を尋ねると、

「あそこだよ」

高木に囲まれた、小ぶりの百姓家の屋根を指さした。

礼を言って、教えられた家に近づくと、生垣の隙間から中を覗いた。

数羽の鶏が動き回る庭の向こうに、部屋の縁と中に出入りする戸口が見える。

ふと、木洩れ日が柔らかく射している縁に、箱膳がひとつ置いてあるのに気づいた。

その時、部屋の中に小春の影が見えて、やがて、小春に手を引かれた男が縁に出て来た。

小春に導かれて、箱膳の前に座った男は、紛れもなく、佐市郎である。

小春が、大きな器から素麺《そうめん》を掬《すく》い上げて小さな器に入れると、佐市郎の左手に持たせ、右手には箸を持たせた。

いただくよ——佐市郎の口の形から、そんな声が出たように見えた。

どうぞ——笑顔で応えた小春の口の形は、そんな返事をしたように見えた。

素麺を食べる二人は、さやさやと鳴る葉擦れの音や、遠くから届くせせらぎの音に包まれていた。

佐市郎は、全く眼が見えないわけではなさそうで、ふと葉洩れ日の煌《きら》めきに顔を向けたり、鶏の動きに眼を遣ったりしている。

こんな静かな暮らしの中で兄が生きていたことに安堵し、丹次はそっと目尻を拭った。

「兄さん、すまねぇ」

頭を下げて呟くと、丹次は急ぎ踵《きびす》を返した。

第二話　鳴動

一

　岩槻城下の旅籠を出た時分、夜明け前の通りは暗かったのだが、四半刻も歩くと、東の空がようやく白み始めた。

　丹次が綾瀬川の東の岸辺に着くと、昇ったばかりの朝日を浴びた靄《もや》が川面を這《は》っていて、対岸は霞《かす》んで見えた。

「明日の朝お帰りなら、江戸に行く船があるかもしれませんから」

　昨日、茶店の表で別れる際、小春がそう声を掛けてくれ、

「岩槻で世話になった秀五郎さんの甥っ子が、江戸へ行く船の船頭をしていますか

ら、それに乗せてもらったらどうですか」

とも勧めてくれた。

日にちや刻限の都合が合えば、小春もその船で江戸に行くこともあるということだった。

丹次がその申し出を受けると、

「六つ（六時頃）に、綾瀬川の並木の河原にお行きなさい」

小春は、そう言い残して、佐市郎と暮らしている木曽良の百姓家に帰って行ったのだった。

丹次は昨夜、旅籠ではほとんど眠れなかった。

昨日、小春には「会わない」と言ったものの、密かに、兄、佐市郎の姿を盗み見ていた。

二十一の時に親に勘当された丹次は、その後、日本橋、室町の生家『武蔵屋』に近づくことはなかった。

その翌年、偶然通りかかった室町の小路でばったり会った『武蔵屋』の女中から、佐市郎が嫁を取ったことを聞いたが、音信は絶えたまま、丹次は二十三の年に遠島の刑を受け、八丈島へ流されたのである。

今年の二月、島抜けをして、四月になって密かに江戸に戻り、『武蔵屋』のかつての奉公人に話を聞くまで、佐市郎が眼を悪くしたことは、知る由もなかった。

その佐市郎の姿を、丹次は昨日、己の眼で遂に見たのだ。

眼には微かに光が届くらしく、動くものに反応して、不自由な眼を向けていた兄の姿に、丹次の目頭は熱くなった。

その夜、旅籠の布団に横になってから、後足で砂を掛けるようにして生家を顧みなかった数年のことが、走馬灯のように頭を駆け巡って、目が冴えてしまったのである。

軽やかな風が吹いて、綾瀬川の川面に這っていた靄がすうっと流れて行った。

上流から、一艘《そう》の川船が滑るように近づいて来て、岸辺の船着き場に舳先《へさき》を着けた。

すると、舳先にいた二十ほどの若い男が綱を手に飛び降りて、船着き場の杭に船を舫《もや》った。

「丑松さんかね」

艫《とも》で棹《さお》を握っていた三十ほどの船頭から、声が掛かった。

「さようで」

丹次が返事をすると、

「おれは、国松《くにまつ》ってもんだが、あんたを江戸に送るようにって、小春さんから言いつかってるよ」

国松は、豪快な物言いをした。

「ひとつ、よろしくお願いします」

丁寧に頭を下げて、丹次は船に乗り込んだ。

綾瀬川の源流は武州桶川のあたりだろうと、船頭の国松が櫓《ろ》を漕ぎながら教えてくれた。

国松は、丹次を船に乗せて岸辺から離れるとすぐ、棹を櫓に持ち替えていた。

岩槻の西を下る綾瀬川は、途中いくつもの支流の流れを取り込みつつ、葛飾郡で合流して中川となり、やがて江戸湾に注ぐという。

その水運を利用して、多くの産物が諸方から江戸へと運ばれるのだ。

国松が漕ぐのは、底の浅い、ひらた船という川船だった。里芋や牛蒡《ごぼう》の詰まった竹籠と、数個の俵が船底の前部と後部に分けて置かれ、丹次はその隙間に身を縮めて乗っている。

「丑松さんは、江戸から人形を買いに来なすったのかね」

国松に尋ねられたが、丹次は曖昧な返事をした後、

「しかし、岩槻で人形作りが盛んなのはどうしたことでしょうね」

と、話を変えた。

「さぁ。おい、寛太《かんた》、知ってるか」

国松が、舳先に腰を下ろしている若者に声を掛けた。

「小さい時分、近所の婆さんに聞いた話ですが」

と、寛太が語り始めた。

日光東照宮の造営当時、諸国から多くの人形師が集められたのだと寛太は言う。

やがて、日光での仕事を終えた人形師たちは故郷へと散って行ったのだが、その帰途、岩槻の土地を気に入った何人かの人形師が居ついて、人形作りに勤《いそ》しんだのがことの始まりらしい。

「小春さんの話だと、あんた、佐市郎さんの知り合いらしいね」

「国松さんは佐市郎旦那をご存じで」

丹次は、 を振り向いた。

「うん。小春さんと二人、岩槻に住み始めたころから知ってるよ。最初、おれはあの二人を怪しんだもんだ。秀五郎叔父さん、わけの分からん男と女の口車に乗せられて家に入れたりして、いずれは畑も家も乗っ取られるんじゃないかなんてさ」

笑ってそう言うと、

「ところが、違ったよ」

と、国松が、少し改まった。

国松の叔父の秀五郎が、年に勝てず病に臥《ふ》せった時、眼の不自由な佐市郎の世話をしながら、小春は寝込んだ秀五郎の面倒もきちんと看たという。

「佐市郎さんにしたって、叔父さんが臥せってる部屋の縁側で木を彫って、彫りながら話しかけて、元気づけてくれたらしいよ。ほんとなら、一人で死ぬところを、佐市郎さんと小春さんに看取られて、へへ、秀五郎叔父さん、嬉しかったと思うよ」

国松は空を見上げると、殊更、ははは大声を発した。

「いやぁ、眼ぇ悪いのに木なんか彫って、絵を刷って、あの人はたいしたもんだよ」

舳先の寛太からも、そんな言葉が出た。そして、

「初めは岩槻でも売れなかったそうだけど、今じゃ江戸でもあの絵が受けてるそうだよ。だけどね、それを鼻にかけないんだ。時々、国松兄ィと一緒に、青物やら芋やら届けに行くんだが、馬鹿なおれにも丁寧な口を利いてくれるところが、あの人のいいところだ」

とも、声を弾ませた。

「そうそう。世話になった秀五郎叔父さんの代わりにって、時々、刷った絵をおれにもくれるんだが、それには、うちのかかぁが大喜びでね」

国松まで、佐市郎を持ち上げた。

兄貴の優しさは、昔とちっとも変わらねぇ――丹次は、しみじみと、そう思った。

「佐市郎さんの眼が眼だから、多くは彫れないというのが惜しいが、しかし、小春さんには感心するよ」

そう言って、国松は唸《うな》った。

「佐市郎さんによく尽くすし、まるで夫婦だ」

「え、あの二人、夫婦じゃないんで？」

寛太が素っ頓狂な声を上げた。

「違うって、前にもそう言ったろうが」

「けどさ、この前なんか、小春さんが佐市郎さんの手を引いて町を歩いてましたよ」

寛太が口を尖らせた。

「そのくらい、夫婦じゃなくったってするだろう。娘がお父っつぁんや爺さんの手を引いたりよぉ。手を引いたくらいで夫婦者と決めちゃならないよ、寛太」

「へい」

寛太は、素直に返事をした。

「小春さんの差し出す手はね、佐市郎さんにすりゃ、眼なんだよ。おれは、何回か彫るところを見たことがあるが、根気の要る仕事だった。たとえば花の絵なら、まず、小春さんが、花、花の付いた小枝や木の実を佐市郎さんに持たせたり触らせたりして形を覚えさせるんだ。それを、今度は、佐市郎さんが右手に持った彫刻刀で木の板に彫る。彫ったその線を左手の指で確かめて、直したり、彫り進んだりしていたよ。気の遠くなるような仕事だから、佐市郎さんの気心も絵のこともよく分かってる人が傍に付いてないと、出来ない仕事だ」

国松の話を聞きながら、丹次は、昨日の光景を思い浮かべた。

百姓家の縁に置いた箱膳の前に座る佐市郎に、昼餉の素麺を食べさせていた小春の姿は、丹次の胸を熱くさせた。

器や箸を手渡す小春のしぐさには少しの気負いもなく、受け取る佐市郎の動きに戸惑いも見えず、二人の様子から、月日を重ねて積み上げられた信頼感が見て取れた。

「だが不思議なのは、あの二人は、まだ男と女の間柄じゃないなんて、うちのかかぁは言うんだよな」

櫓を漕ぎながら、国松は首を捻った。そして、

「丑松さんは、どう思うね」

「さぁ。わたしは昨日、お二人が一緒のところを見たわけじゃないので」

丹次は、答えをはぐらかした。

「あの二人、夫婦になってもおかしくないのに、佐市郎さんが踏み切れないんじゃないかとおれは思うんだ」

「それは？」

積み荷の間から顔を出して、丹次は艫で櫓を漕ぐ国松を振り向いた。

「眼のこともあるし、この先、小春さんに苦労を掛け続けることを、佐市郎さんは気兼ねしてるんじゃないのかねぇ」

国松の口調には、二人を思いやるような響きがあった。

案外、国松の見立て通りなのかもしれない。

丹次の口から、切ないため息が洩れた。

綾瀬川を下り、中川へと漕ぎ入れた国松のひらた船は、小名木《おなぎ》村の中川御関所から右へと舳先を回し、小名木川に入り込んだ。

小名木川は、江戸時代の初期、中川と大川を結ぶ運河として掘られた川だということを、丹次は小さい時分から知っていた。

日本橋の商家に生まれ育った者なら、荒川や中川の上流域から、米や芋、青物や煙草など、様々な物資が船で周辺の河岸に運ばれていることくらいは承知していた。

「すまないが、わたしを大川の手前の万年橋で下ろしてもらいたいんだが」

行く手に大川が近づいて来たところで、丹次はそう申し出た。

「この荷は日本橋の河岸で下ろすから、そこまで乗っていいんだよ」

国松はそう言ってくれたのだが、

「ちょいと、用事を思い出したもんだから」

苦笑を浮かべて頭を下げた。

積み荷の隙間の狭い場所に長いこと座り続けて、腰の筋が痛くなってしまった丹次は、少しでも早く船を降りたかったのである。

「いやぁ、大層助かったよ。岩槻に戻ったら、小春さんによろしく伝えてもらいてえ」

小名木川の北岸、万年橋の袂で船を降りた丹次は、大川に漕ぎ出していく国松と寛太の船を見送った。

中天に昇っていた日は、わずかに西へと傾いている。

正午を過ぎた頃だとすれば、岩槻から三刻（約六時間）ばかりで江戸に着いたことになる。

途端に空腹を覚えた丹次は、大川の東岸を新大橋の方へ進み、御籾蔵《おもみぐら》近くの蕎麦屋に飛び込んだ。

つるつると急ぎ昼餉の蕎麦を腹に収めると、蕎麦屋を出た丹次は新大橋を渡り、武家地の小路を何度か曲がって、銀座の方向へと足を進めた。

住吉町竈《へっつい》河岸は、銀座の東側にある。

住吉町の小路を奥に入った先に『八兵衛店』の木戸があった。

路地を挟んで向き合った五軒長屋の、左側の一番奥の戸口に立って、丹次は声を掛けた。

「お杉さん、いるかい」

閉まった障子戸の中からお杉の声がした。

「お入り」

丹次が戸を開けて土間に足を踏み入れた途端、艾《もぐさ》の匂いがぷんと鼻をついた。

板張りに敷いた茣蓙《ござ》に座って、膝から下を剥き出しにしたお杉が、足の三里あたりに灸を据えていた。

「痛むのか」

「なにも、無理をしているわけじゃありませんが、年ですから」

小さく笑って、燃え尽きた艾を手で払い落とした。

「お杉、岩槻で、兄貴を見たよ」

丹次は、お杉に穏やかな声を向けた。

お杉は一瞬、なんのことだか分からないようだった。

「昨日、岩槻に行って、小春に会えたんだ」

「え」

短く声を発して、お杉は絶句した。

丹次は、蔵前の人形屋『祥雲堂』に行って、取り扱っている人形師の名を聞いた後、ともかく岩槻に向かったのだと、切り出した。

岩槻の人形師、高右衛門を訪ねたところ、そこの奉公人の女が『忘れ草』の刷り絵のことを覚えており、小間物屋『蓬春堂』を教えてくれた。

さっそく小間物屋に行くと、そこへ折よく、小春が現れたのだ。

丹次は『武蔵屋』の元奉公人の丑松と名乗り、死んだ番頭の粂造や元台所女中のお杉の意を受けて佐市郎を捜しているのだと小春に告げた。

「それから、近くの菓子屋に入って、小春からじっくりと話を聞けたよ」

「それで」

お杉は、框に腰掛けた丹次の近くに這い寄った。

丹次は、『武蔵屋』が人手に渡って以来、小春が眼の不自由な佐市郎の世話を焼いていた経緯を話した。

「よかった」

お杉は、丹次の話を聞き終わると、一言、そう洩らした。

「佐市郎旦那を『見た』というと、やっぱり、お会いにはならなかったんで？」

「あぁ」

丹次は、頷いた。

「居所さえ分かればいいと言って小春と別れた後、住んでる家ぐらい見ておこうと思って、行ったよ」

「で」

「周りは田圃や畑で、高木に囲まれた百姓家だったよ。道と庭の境に生垣があったが、隙間から庭や縁側が見えた」

「はい」

「兄貴は、昼餉の素麺を、小春の介添えで、美味そうに食ってた。その様子を見たが、眼はまるっきり見えないわけじゃなさそうだ。兄貴はその家で、小春の手を借りながら、木を彫り、絵を刷っていたんだ」

「よかった」

お杉が、またしても同じ言葉を口にした。

丹次にしても、それ以外の言葉は見つからない。

生きていてよかったし、見つけられてよかったし、眼の不自由な佐市郎を助けてくれる小春がいてくれて、本当によかったとしか言いようがなかった。

「だがね、傍目《はため》には仲のいい夫婦のようだが、どうも、そうではないらしい」

丹次は、佐市郎と小春の仲を評した、船頭の国松の言葉をお杉に言って聞かせ、

「夫婦ではないものの、小春の兄貴への献身ぶりに、周りの者たちは大いに感心し

ていたよ」

と、そう締め括ると、お杉は大きく息を吐いて、潤んだ眼を指で拭った。

丹次は、お杉の住まいを書いて小春に教えたと言い、お杉に小春の住まう百姓家の土地の名を記した紙を差し出した。

「これは、なんと読みますので」

「武州岩槻大字、木曽良」

丹次は、一文字ずつ指をさしながら、読んでやった。

「ぶしゅう、いわつき、おおあざ、きぞら」

お杉は、口の中で何度も繰り返した。

「お杉、おれは、早いとこ、兄貴を江戸に迎え入れるつもりだ」

低い声で、丹次は決意を述べた。

「ただ、その前に、大掃除をしなきゃならねぇが」

「大掃除というと」

お杉は、きょとんとした眼を向けた。

「ごみを、片づけないとさ」

そう言うと、丹次はやおら腰を上げた。

二

天神石坂下通は西日を浴びている。

住吉町のお杉の家を後にした丹次は、寄り道もせず湯島切通町の『治作店』へと向かったのである。

日射しの加減から、間もなく七つ（四時頃）という頃合いかもしれない。

切通の坂道を少し上がった先を右に折れ、『治作店』の木戸を潜った。

「お、今ですか」

諸肌を脱いだ春山武左衛門が、井戸端で汗を拭っていた。

晴れやかな表情をしているところを見ると、『がまの油』がよく売れたようだ。

「大家さんに聞いたところ、なんでも岩槻の方に行ったとか」

「そうなんですよ」

「まさか、人形を見に行ったわけではありますまい」

「人形よりいいもんを見て来ましたよ」

「それはちと、聞き捨てなりませんなぁ」

目を丸くした武左衛門は、着物の袖に腕を通した。

「いつか、春山さんに人捜しを手伝ってもらったことがありましたねぇ」

「はて」

武左衛門は、首を傾げた。

丹次は以前、佐市郎の行方捜しを武左衛門に頼んだことがあった。

乾物問屋『武蔵屋』の主だった、佐市郎という恩人の行方を捜したいと言って、親戚筋や友人たちの名を教えて、心当たりがないかと尋ね回ってもらったのだ。

「あぁ、はいはい、思い出しました」

武左衛門は、大きく頷いた。

「実は、その恩人が岩槻にいるのがようやく分かりまして」

「なるほど、いいものを見たとはそのことですな」

「さようで」

笑みを浮かべて、丹次は軽く腰を折ると、

「その時のお礼もしたいし、夕餉は、『田中屋』にでも行きませんか」

天神石坂下の飯屋の名を口にした。

「それはありがたい」

そう口にした武左衛門の顔から、ふっと笑みが消え、

「そういえば、浅草の庄太殿とか、神田八名川町《やながわちょう》の下っ引きの亥之吉殿が、昨日今日と立て続けに丑松殿を訪ねて来ていましたが、もしかすると急用なのかもしれませんぞ」

夕餉のことよりも、庄太たちの訪問のことを気にかけてくれた。

「お、噂をすればなんとやらですな」

笑みを浮かべた武左衛門が、木戸の方に眼を遣った。

「あ、帰って来ましたね」

そう口にして、木戸から入って来たのは庄太だった。

「あれから、初音の梅吉たちの動きが妙でしてね」

「今、その話は」

丹次は、言いかけた庄太を止めると、

「春山さん、すみませんが、『田中屋』の飯は、またいずれということにさせてくれませんか」

武左衛門に頭を下げた。

庄太との間で梅吉の話が出れば、『がまの油売り』で武左衛門が世話になっている、亀戸の香具師の親分、長蔵のことにも話が及ぶかもしれなかった。

湯島天神門前町の居酒屋『蔦屋《つたや》』は、日が暮れてから客が押し掛けた。

仕事帰りの職人や担ぎ商いだけではなく、不忍池で夕涼みをしての帰りらしい小店の主人風の男や居士衣《こじえ》を着込んだ俳諧師のような客も交じっていて、大いに混み合っている。

日暮れの少し前から飲み食いを始めていた丹次、庄太、亥之吉は、客が増えるに従い、板張りの奥の方へと詰めさせられた。

武左衛門との約束を日延べにした丹次は、庄太を神田八名川町の亥之吉を呼びにやり、『蔦屋』で合流したのである。

「庄太さんに聞きましたが、岩槻から帰ったばかりだそうで」

しばらく飲み食いをしたところで、亥之吉が丹次に尋ねた。

「ああ、そうなんだよ」

そう返答して、捜していた『武蔵屋』の元主人、佐市郎の居所が分かったと打ち明けた。すると、

「本当ですかっ」

大声を上げて背筋を伸ばしたのは、庄太だった。

丹次が、眼の不自由になった佐市郎は、かつて『武蔵屋』で女中奉公をしていた小春の世話を受けながら刷り絵を作り、生計を立てていると伝えると、

「あぁ、あの小春さんと」

元奉公人の亥之吉は、安堵したように何度も頷いた。

その横に座っていた庄太はなにも言わず、俯《うつむ》いたまま着物の袖で涙を拭っている。

「あれ、庄太さんはなんで泣くんだい。『武蔵屋』とはなんの所縁《ゆかり》もなかったんじゃないのかい」

「けどさ、丑松の兄ィが、『武蔵屋』の旦那さん捜しに苦労してるのを傍で見てたから、つくづくよかったなと」

最後の方は笑って誤魔化したが、庄太は、佐市郎が丹次の実の兄だと知っているのだ。

見つかってよかったと、我がことのように喜んでくれた涙に違いなかった。

「そうそう、例の要三郎だがね」

庄太は、気を取り直すと、口を開いた。

丹次が岩槻に行く前、初音の梅吉や亀戸の長蔵らと『鹿嶋屋』で会った要三郎は、その日のうちに布田に帰って行ったようだが、その後の梅吉の子分たちの動きが妙だと、庄太は声をひそめた。

「例の、板橋の博徒、女男の松の助五郎を捜してるんじゃないのかい」

亥之吉も周りを気にして声を低めた。

だが、客の話し声や笑い声がぶつかり合っており、周りの気遣いは不要だった。

「初手は確かに、板橋宿やその近辺で助五郎を捜していたようだが、今は、大名屋敷を見張ってるんだよ」

庄太はそう口にして、丹次と亥之吉に眼を向けた。

庄太によれば、梅吉の子分たちは手分けして、信濃国、飯沼藩青山家の、愛宕下《あたごした》大名小路にある上屋敷をはじめ、権田原《ごんだわら》の中屋敷、小石川の下屋敷にまで足を延ばして、人の出入りを窺っているというのだ。

「なぜ」

丹次の呟きに、庄太は分からないと返事をし、

「今はもっぱら、中屋敷と、小石川の下屋敷だけに人数を割いてる」

と言って、首を傾げた。

頭を捻って思案しながら、丹次は庄太と亥之吉のぐい飲みに酒を注ぎ足してやった。

「あっしも、話しておきたいことがあったんですよ」

ぐい飲みに口をつけた亥之吉が、下唇を舐めた。

「この前、柳原《やなぎわら》土手の居酒屋で、北町の柏木様が口になすった話を覚えていますか。二年前、日本橋の鎧ノ渡《よろいのわたし》に近い茅場《かやば》河岸に浮かんでいた死人の話です」

「あぁ、覚えてる」

丹次は小さく頷いた。

死んでいたのは、久助《きゅうすけ》という車曳きだった。

背中と脇腹に、刃物で刺された痕があったことから、北町奉行所同心の柏木八右衛門が、殺しと断じて調べ始めた一件のことだった。

殺された久助のことは、仕事柄、河岸や近隣の飲み屋などで顔見知りになっていた、日本橋界隈の河岸で働く車曳きや船人足の何人もが、知っていた。

飲み屋でよく会う顔馴染みに、薬種問屋『鹿嶋屋』にも荷を届けに来るのだと久助は言っていたのだが、『鹿嶋屋』の番頭以下全員が、調べに当たった八右衛門に対しては、そんな車曳きは知らないと答えていた。

「親分の話によれば、飲み屋にいる時の久助はやけに陽気で、幡ヶ谷《はたがや》村のなんとかという茶店の女房は金次第で抱けるとか、代々木村には面白い賭場があるなどと口にしていたことから、甲州街道の方から江戸に来ている車曳きだろうと思われていたらしい」

亥之吉は、九蔵から聞いた話を語ってくれた。

八右衛門はそのことを頼りに、二年前、知り合いの目明したちを四谷の大木戸に動員して、久助の知り合い捜しに取り掛かった。

ところが、そんな八右衛門に、調べを打ち切るようにと、圧力がかかった。

ある与力から、『鹿嶋屋』には触らない方がいいと耳打ちをされたのだと、丹次は八右衛門の口から聞いていた。

そんなことがあって、八右衛門はかえってとことん調べる気になり、表面上は諦めた振りをして、久助殺しの下手人捜しを密かに続けていた。

その手足になっているのが、亥之吉が下っ引きとして仕える、目明しの九蔵親分である。

「うちの親分が、最近になって、諸方の目明しなどからかき集めた話によると、久助がちょくちょく出入りしていた深川の賭場で、面白い話があったようです」

丹次と庄太に向かって声を低めると、

「それは二年前のことらしいんですが、負けが込んだというのににやにやしてるもんだから、誰かが久助に、どうしたんだと聞いたら、近々、大金が手に入ると言ったそうなんです。ところが、その二日後に、久助は茅場河岸に死体となって浮いていたというわけです」

そう口にして、亥之吉は重々しく頷いた。

「久助が口にした大金たぁ、いったいいくらぐらいいだ」

「おれなら、五両（約五十万円）は大金だな」

庄太は、丹次にそう返答した。

「あっしは十両だな」

亥之吉はそう言うと、丹次に眼を向けた。

「五両にしろ十両にしろ、その辺のただの車曳きがおいそれと手に出来るような額じゃねぇ。久助はどうやって大金を手に入れるつもりだったんだ」

独り言のように口にして、丹次は首を傾げた。

「そんな金をいっぺんに手に入れるには、早い話、盗みか、強請《ゆすり》やたかりぐらいしかねぇよな」

「うん」

庄太は、亥之吉の意見に同調した。

ほかに博打で儲ける手もあるが、それには運が絡むから、当てにならない。

「柏木様は、その辺の事情を調べに布田に行こうとなさったんだが、上の方の許しが出なかったそうですよ」

「布田だと」

丹次が、亥之吉に向けて鋭い声を発した。

「久助の在所が布田の先の車返《くるまがえし》らしいんですよ。車曳きのおれの生まれ在所が、車返ってのが面白いだろうって、飲み屋で陽気に喚《わめ》いていたのを覚えていた奴がいたんです」

亥之吉の話を聞いて、

「布田ですよ、兄ィ」

庄太が低い声を出した。

丹次の脳裏に、お滝と要三郎の顔が浮かんだ。

三

布田五ヶ宿の最初の宿場、国領《こくりよう》で昼餉を摂った丹次と庄太は、菅笠を被ってから一膳飯屋を後にした。

笠は、中天に昇った日の光を避けるだけではなく、下布田で飛脚屋を営む要三郎や旅籠の女将になっているお滝から顔を隠すためでもあった。

旅の目的は、甲州街道、車返に行って、久助の母親に会うことである。

亥之吉や庄太と、湯島天神門前町の居酒屋『蔦屋』で飲み食いをしてから二日が経っている。

『蔦屋』で飲んだ時、車返の家には久助の母親が一人で暮らしているらしいと、亥之吉が教えてくれた。

要三郎が営む飛脚屋『大坂屋』の前を通り過ぎ、お滝が営む旅籠『布袋屋《ほてい》』の表を歩を緩めることなく素通りし、丹次と庄太は、布田五ヶ宿から四半刻足らずで車返に着いた。

街道の両側には稲穂の伸びた田圃が広がり、右手の奥には小高い丘が連なっている。

「あそこに寺があるな」

丹次は、街道の右手の方を見て足を止めた。

家の場所が分からない時は、寺を訪ねれば案外辿り着けるものだ。

車曳きをしている久助さんの母親の家はどのあたりだろうか——丹次と庄太は、寺を訪ねるたびに同じ口上を述べたが、

「久助の母親なら、おなかさんだ」

知っていたのは、三軒目の寺だった。

「しかし、ここのとこ、おなかさんはたまに、受け答えがちゃんと出来ないようなのじゃが」

対応してくれた老住職は、不安げな表情を浮かべたが、

「ともかく、行くだけは行ってみなされ」

と、家への行き方を教えてくれた。

久助の母親のおなかが一人住んでいるという家は、寺から一町（約百九メートル）ほど離れた雑木林の中にあった。

「おなかさん、おなかさん」

大風が吹いたら崩れそうなくらい傷んだ百姓家の戸口に立って、丹次が声を掛けたが、家の中からはなんの応答もない。

「兄ィ」

家の裏手の方から庄太の声がした。

戸口を離れた丹次が横手に回り込むと、柿の木の傍に立っていた庄太が、家の裏

手の方を指さしている。

　近づくと、庄太が指をさしている先に畑に面した縁があり、そこに座り込んだ、背中を丸めた白髪の老女がぼんやりと遠くを見ていた。

「おなかさんですか」

　声を掛けながら近づくと、老女はゆっくりと、丹次と庄太の方に顔を回した。

　久助の母親、おなかのようだ。

「実は、息子の久助さんのことで話を聞きに来たんだが」

　丹次は、穏やかに話しかけた。

「あぁ、久助ですかぁ。久助なら、この十日ばかり、顔を見せませんがなぁ」

　おなかから、思いもよらない言葉が飛び出した。

　久助は二年も前に死んでいるのだ。

「いや、あの、久助さんは」

「庄太」

　丹次は、庄太を押し止めた。

　お寺の老住職が、ちゃんとした受け答えが出来ないことがあると言っていたのは、このことであろう。

「久助のことなら、おさんがよく知ってるはずだ」

おなかが、突然口を開いた。

「おさんというと」

「久助の妹」

「おさんさんとは、どこへ行けば会えますかね」

丹次が問いかけると、一、二度聞き返した後、おなかは、

「上石原、旅籠『小原屋《おばら》』」

畑の向こうを見てゆっくりと呟いた。


上石原は、布田五ヶ宿の一番西側の宿である。

布田五ヶ宿には、合わせて九軒の旅籠しかないのだが、『小原屋』は上石原にある唯一の旅籠だった。

二階の部屋の窓辺から、沈みかけた西日が見える。

甲州街道を往来する旅人や駄馬が、心なしか速足になっていた。

車返で久助の母親に会った丹次と庄太は、上石原に引き返すと、旅籠『小原屋』で草鞋《わらじ》を脱いだ。

「ここに、おさんという奉公人がいるかね」

丹次は、宿帳を手に部屋に現れた小柄な番頭に尋ねた。

「あなたがたは」

番頭は、細い眼をさらに細めて、胡散《うさん》臭げに二人を見た。

「仔細を言わなきゃ、答えちゃもらえませんか」

笑みを浮かべた丹次は、殊更声を低めると、やけに丁寧な物言いをした。

脅し半分の丹次の丁寧さに、番頭は軽く息を呑んで、

「うちの女中の一人に、おさんという、車返から来ているのがおりますが」

と、愛想笑いをした。

「その女だ」

間髪をいれず、庄太が答えた。

「夕餉の後でいいんだが、そのおさんを、この部屋によこしてもらいたいんだがね」

丹次がすぐに畳みかけた。

「へぇ、そりゃ構いませんが、女中を部屋に行かせるとなると、泊まり賃の他に、お一人様五十文（約千三百円）ずつ、頂戴することになっておりまして」

番頭は揉み手をした。

丹次が承知すると、番頭はいそいそと部屋を出て行った。

泊まり賃の他に女中に金を払えと言うからには、どうやらおさんは、夜、客の求めに応じて身体を売る飯盛り女なのだろう。


旅籠『小原屋』の窓の外はすっかり暮れている。

街道を行き来する荷車の音も人の足音も、潮が引いたように消えていた。

風呂に入った後に夕餉を摂ってから、半刻ほどが経った。五つ（八時頃）という刻限だろう。

「こんばんは」

廊下に面した黄ばんだ障子の外から、女の声がした。

「入んな」

庄太が返事をすると、立ったまま障子を開けた、首に白粉を塗りたくった女が、徳利と肴、それに盃を載せたお盆を片手に持って部屋に入って来た。

「二人を相手にすると、翌日は応えるんだよねぇ」

お盆を置くなりそう言うと、はぁと大きくため息をついた。

「でもまぁ、お金になるからありがたいけど」

白首女は、やる気のなさそうな様子で、丹次と庄太に盃を持たせた。

年は二十くらいだろうか。色黒の顔の乗った首の白粉が、やけに白い。

「おさんさんかい」

丹次が問いかけると、

「あたしを知ってるの」

と、目を丸くした。

久助の妹、おさんのようだ。

「車返の、あんたのおっ母さんに、ここだと聞いて訪ねてきたんだよ」

「え」

息を呑んだおさんは、丹次と庄太の顔を、不安そうに交互に見た。

「あんたを呼んだのは、兄さんの話を聞きたかったからなんだ」

「でも、あたし、お金をもらわないと、番頭さんに叱られるので、そのぉ」

顔を伏せると、おさんはもじもじと、畳に指を立てて困ったようになにかを書き始めた。

「番頭さんには、一人五十文と言われたが」

丹次は、用意していた一朱（約六千三百円）をおさんの手に握らせた。

「こんなに」

喉の奥まで見えるほど、おさんは口を開けた。

丹次は、笑みを浮かべて頷いた。

「死んだ久助さんのことを聞かせてくれるかい」

「死んだ？」

おさんはまたしても大きく口を開けた。そして、

「兄ちゃん、死んだの？」

きょとんとした顔で、ぽつりと呟いた。

「だって、死んだのは二年近くも前だぜ。知らなかったのか」

庄太が尋ねると、おさんはふうっと、遠くに眼を遣った。ほんのわずか虚空を見ていたおさんは、こくりと頷いた。

「丁度、二年くらい前から、兄ちゃん、殆ど顔を見せなくなったから、どうしたのかなぁとは思っていたんだけど。『大坂屋』の車曳きに聞いても、どこに行ったか分からないというし。そうかぁ、兄ちゃん死んでたのかぁ」

おさんの物言いには、悲しみや驚きより、諦めに似た響きがあった。

「久助さん、布田の『大坂屋』の車曳きだったのか」

丹次が身を乗り出すと、おさんは頷いた。

「そこの主の名は、要三郎という男だね」

庄太が尋ねた。

「違うよ。『大坂屋』の旦那さんは、七十過ぎまで生きた、喜左衛門《きざえもん》さん。その旦那さんが死んでしばらくは、地蔵《じぞう》の親分が『大坂屋』を切り盛りしてたけど、旦那さんが死んだ半年後に、江戸から来たっていう若い人が、『大坂屋』を引き継いだのさ」

おさんの言う地蔵の親分は、おそらく、布田五ヶ宿の博徒、地蔵の嘉平治《かへいじ》に違いなく、江戸から来たという若い人は、要三郎のことだろう。

久助が、口入れ屋も営む嘉平治の口利きで『大坂屋』の車曳きになったのは、要三郎が主となる二年半も前だったという。

「二年前から兄ちゃんの稼ぐ金が来なくなったもんだから、あたしも地蔵の親分の口利きで、この旅籠で働くようになったんだよ」

おさんはそう言うと、はぁと、大きく息を吐いた。

「兄さんは、なにか江戸の話をしてなかったかね」

丹次が問いかけると、おさんは、虚空を見詰めて思案した。

「これっていう話はしなかったけど、江戸の日本橋の『鹿嶋屋』っていう薬の問屋によく行くんだと言ってた。だから、たまに、日本橋の土産だって言って、櫛や手絡《てがら》なんか買って来てくれたのに」

そこまで口にしたおさんが、

「ね。兄ちゃん、なんで死んだんだね」

と、丹次と庄太に顔を向けた。

「日本橋近くの川に浮かんでたんだ」

丹次は、久助が殺されたことは伏せた。

「あぁ、酒が好きだったから、大方、酔っぱらって川に落ちたんだろうねぇ」

おさんは、一人合点して、呟いた。

久助の身元は長いこと分からず、江戸の寺の無縁墓に葬られたことを話すと、

「こっちのお墓は寂しいし、兄ちゃんには江戸の方が賑やかでいいのかもしれないねぇ」

背中を丸めたおさんは、はぁと大きく息を吐いた。

日本橋、本材木町の献残屋《けんざん》『三増屋《みます》』の裏庭にある井戸水は冷たくて、飲めば美味いし、身体を拭けば心地よい。

献残屋は、不要となった到来物を引き取って、他に売るのが商売なのだが、丹次がいつも請け負うのは、引き取った品物を車に積んで『三増屋』へ運び入れる力仕事だった。

朝、暗いうちから車を曳いて、駿河台、広小路の御使番《おつかいばん》、松平弾正《だんじょう》家と、芝の田町《たまち》にある、日向飫肥《ひゅうがおび》藩、伊東修理大夫《しゅりのだいぶ》家から不要の品を引き取ると、正午前に

『三増屋』に帰って来た。

番頭の角次郎《かくじろう》や二人の手代の手を借りて荷を下ろすとすぐ、丹次は汗を拭きに井戸端に走ったのである。

甲州街道、布田五ヶ宿の旅籠で久助の妹と会った翌々日である。

昨日の朝早く布田五ヶ宿を発った丹次が、昼過ぎに、庄太とともに湯島切通町の『治作店』に帰り着くと、

「口入れ屋の『藤金《ふじきん》』から言付けを預かっているよ」

と、大家の富市から声が掛かった。

すぐに来てくれという言付けだったので、『治作店』の表で庄太と別れた丹次は、神田下白壁町《しもしらかべちょう》の『藤金』に駆け付けた。

用件は、この日の『三増屋』の仕事だった。

『三増屋』の裏庭の井戸端で汗を拭き終えた丹次は、着物に袖を通すと帳場へと入って行く。

「これは、今日の分だよ」

角次郎から手間賃の二朱を受け取ると、

「またひとつよろしゅう」

丹次は、片手を上げて『三増屋』を後にした。

「待ってたぜ」

材木河岸へ出た途端、低い声が掛かって、丹次は足を止めた。

楓《かえで》川の西岸に植わった柳の木の陰から現れたのは、羽織の裾を腰のあたりまで捲《まく》り上げた北町奉行所の同心、柏木八右衛門である。

「今日は、『三増屋』の仕事だと亥之吉から聞いてたんで、待ってたんだ」

「わたしを、わざわざですか」

「うん。わざわざだ」

表情も変えずにそう言うと、

「昨日、亥之吉から久助のことを聞いたよ。その礼はしないとな」

八右衛門は、初めて笑みを浮かべた。

久助のことというのは、甲州街道、車返に足を延ばした丹次と庄太が、妹のおさんから聞き込んだことに違いない。

刺し殺されて茅場河岸に浮かんでいた久助は、飛脚屋『大坂屋』の車曳きになっていたと妹は言っていた。この話を、昨日、亥之吉を通して八右衛門に伝えるつもりだったのだが、口入れ屋『藤金』から急ぎの呼び出しがあり、急遽、庄太に亥之吉への言付けを頼んだのである。

おさんから聞いた、車曳き、久助の仔細は、亥之吉から八右衛門へと届いていた。

「お礼だなんて、とんでもないことで」

軽く腰を折って、丹次は片手を打ち振った。

「これから、ちょいと付き合ってくれ」

八右衛門は、丹次の返事も聞かず、歩き出した。

何も言わずに歩き出したということは、言わなくとも行けば分かるということなのだろう。

ならば、こちらから聞くことはやめて、丹次はおとなしくついて行くことにした。

四

「車曳きの久助のことは、面白かったよ」

八右衛門がそう切り出したのは、本郷の水戸中納言家の屋敷前にある駒込追分から、中山道へと足を向けた時だった。

「久助が、『大坂屋』の車曳きだったことも、日本橋の『鹿嶋屋』にも荷を運んでいたという話も、いろいろと示唆に富んでいて、おおいに役に立つはずだ」

「さようで」

八右衛門から半歩遅れて歩きながら、丹次は小さく頭を下げた。

「以前、『鹿嶋屋』の連中は、刺されて死んだ久助のことなど知らないと言っていたが、それは偽りだったということだ。何年も前から荷を運んで来ていた車曳きの名前と顔ぐらい、『鹿嶋屋』の誰かが知っていてもおかしくはあるめぇ」

「へぇ」

八右衛門の背後で、相槌を打った。

「久助のことを教えてくれた礼に、おれもお前に面白いことを教えてやるよ」

そう言うと、八右衛門は板橋宿の方へと足を速めた。

日本橋から二里十八町（約十キロ）のところにある、日本橋を起点とする中山道の一番目の宿が、板橋宿である。

楓川の畔《ほとり》を後にしてから一刻（約二時間）と少し歩き、二人は宿場を南北に貫く中山道を、北へと向かっている。

行く手に、石神井川に架かる板橋が近づいて来たところで、八右衛門がいきなり左への小路に曲がった。

小路に立った石の道標に、『氷川社』と彫られていた。

「ここだよ」

氷川神社に行くのかと思ったら、八右衛門は、街道から入ってすぐのところにある、一軒の二階家の前で足を止めた。

戸は閉まり、軒端に下がった提灯《ちょうちん》の幾つかが破れており、中に人の住む気配はない。

「板橋の香具師、喜三郎と、飯沼藩青山家の藩医、浅井啓順が殺された妓楼だよ」

そう言うと、八右衛門は建物を見上げた。

格子窓の嵌《は》まった二階の作りや、戸口の掛け行灯に書かれた『春祥楼《しゅんしょうろう》』という名から、ここが妓楼だったことが見て取れる。

「こっちだ」

八右衛門は、丹次を待つことなく建物の横手に回り込み、勝手口と思しき潜り戸から、中に入って行った。

丹次の先を行く八右衛門は、鍋釜や食器の散らかった台所を迷うことなく抜けると、客を迎えていた玄関の土間へと進んだ。

かつての妓楼は、表戸も雨戸も閉め切られているが、方々の隙間から外光が射し込んでいて、中は結構明るい。

「役人や目明しの調べの後、この妓楼は暖簾を下ろしたよ。人殺しのあったところじゃ、女遊びなんかに身が入らないということだろう」

八右衛門は、苦笑して見回した。

土間から一段上がった板張り、そこから二階へと上がる階段には、泥の付いた足跡や血の痕がこびり付いている。

「女男の松の助五郎とその子分二人が押し込んだ時の様子を、この辺りにいた番頭や男衆、遣り手婆や女郎たちから繰り返し聞くと、いろいろと気になることが出て来てな」

そう言うと、八右衛門は腰の脇差を引き抜いた。

「男たち三人は、入って来るなり刀や匕首《あいくち》を抜いた。そして女男の松の助五郎と思しき男がいきなり、『医者と喜三郎の部屋はどこだ』と聞いてるんだ。そこにおれは引っ掛かった。助五郎はどうして、医者のことを先に口にしたんだ。喜三郎を狙ったのなら、医者がいようがいまいがどうでもいいことじゃねぇか」

なるほど——胸の内で声を上げた丹次は、大きく頷いた。

「居場所を聞かれた番頭が、二階へ上がって右奥だと答えてる。そう聞いて、刃物を抜いた三人は草鞋履きのまま土間を上がり、この階段を二階へ」

八右衛門は、その時の様子を口にしながら、自分も同じように土間を上がり、階段に足を掛けて二階へと上がっていく。

なにが起きるのか、胸の高鳴りを感じながら、丹次は後に続いた。

「二階に上がった三人は、廊下の右手から、空いた徳利や皿を角盆に載せて来た女中二人に、『喜三郎の部屋に医者もいるな』と尋ねている。助五郎らの関心は、やはり、医者がいるかどうかだった」

階段を上がり切ったところで八右衛門は足を止め、右手の廊下の奥、障子の開け放たれた部屋に眼を向けた。

おそらく、そこが、凶行のあった部屋に違いない。

丹次は、その部屋に向かって行く八右衛門の後に続き、そして部屋に足を踏み入れた。

入って左手に床の間があった。

その床の間近くの畳には、大量に流れたと思われる血の痕がいくつも、どす黒い染みとなって残っていた。

血の痕は畳だけではなく、床の間にも、鶯《うぐいす》色の砂摺《すなず》りの壁にもくっきりと残っている。

「この部屋で喜三郎と啓順の相手をしていた女郎二人、芸者二人、男芸者一人に話を聞いたところ、先頭に立って入って来た男は、迷うことなく、床の間を背にして座っていた啓順の肩口に斬りつけているんだよ」

八右衛門が、床の間を向いて、脇差を振り下ろした。

「それを見た喜三郎が、『なにしやがる』そう喚いて立ち上がった途端、助五郎の子分二人が匕首を喜三郎の左右の脇腹に突き刺した。息を呑んで動けなくなっていた女郎の話だと、喜三郎はすぐに動かなくなったが、啓順にはまだ息があったようだ。すると、最初に斬りつけた助五郎が、馬乗りになって啓順にとどめを刺し、『これでよし』と呟いたというんだよ。その声をきっかけに、男たち三人は、慌だしく部屋を飛び出して行った」

八右衛門の話を聞きながら、丹次は凶行のあった部屋を見回した。

「丑松、どう思う」

脇差を鞘《さや》に納めた八右衛門が丹次を振り向いた。

「と、申しますと」

「狙いが喜三郎なら、斬る順番が妙だろう。ここに入ったら、まずは喜三郎を殺すのが肝心のはずが、どうして先に医者に向かったんだ。最後に医者にとどめを刺して、どうして助五郎は『これでよし』と言ったと思うよ」

「顔を見られたからじゃ」

そう言いかけて、丹次は口をつぐんだ。

顔を見られたから殺すのなら、その場にいた女たちも殺しているはずではないか。

「お前も気づいたろう。医者にとどめを刺して、これでよしと口にしたのは、もともとの狙いが浅井啓順だったからだよ」

ければならなかったのかが分からない。
だが、なぜ、博徒である女男の松の助五郎が、青山家の藩医、浅井啓順を殺さな
八右衛門の推測に感心していた丹次は、頷いた。
笑みを浮かべて丹次を見た。
「どうだ。面白かったろう」
八右衛門はそう言うと、

下板橋宿のかつての妓楼『春祥楼』を後にした丹次は、八右衛門に付いて中山道を巣鴨の方へと引き返している。

西に傾いた日から、刻限はおそらく七つ（四時頃）に近い時分だろう。

「面白いものを見せてやった代わりに、お前の力を借りたいことがあるんだがな」

庚申塚の前を通り過ぎた辺りで、八右衛門からそんな言葉が飛び出した。

「わたしに出来ることなら、なんなりと」

丹次に、否やを口にすることなど出来るはずもなかった。

中山道の左右には、巣鴨の町家が軒を連ねている。

季節ともなるとこの一帯は菊見の人たちで溢れるので有名だった。

少し先を行く八右衛門が、中山道から左へと曲がる道へ切れ込んだ。

その道の先には、奥医師、渋江長伯《しぶえちようはく》の御薬園があり、それを右手に見ながら後に続いた丹次は、八右衛門に続いて丁字路を右へ折れた。

小川に架かる小橋を渡った先に立つ松の大木の陰で、八右衛門は足を止めた。

「あそこに小ぶりな武家の屋敷があるだろう」

八右衛門が指さした先に、土塀に囲まれた屋敷と門が見えた。

小ぶりとはいえ、揚土門《あげつちもん》のある、少なくとも千坪はある屋敷である。

「あそこの門前に立って、屋敷の者を呼び出してもらいたいんだよ」

八右衛門は事も無げに口にした。そしてさらに、

「誰か応対に出て来たら、板橋の喜三郎の身内、平次郎《へいじろう》と名乗って、助五郎親分への取次ぎを頼むんだ」

「女男の松の助五郎があそこにいるんですか」

丹次は、掠れた声を八右衛門に向けた。

「いるかいないかを確かめたいのよ」

八右衛門は気負うことなくさらりと答えた。

「いったい、あのお屋敷は」

恐る恐る丹次が尋ねると、

「信州飯沼藩、青山家のお抱え屋敷だ」

八右衛門の返事を聞いて、物も言えず口を開けた丹次は、屋敷の方へ眼を遣った。

江戸の諸大名の屋敷には、幕府から拝領している上、中、下屋敷という公務で使う屋敷の他に、大名家が己の資金と裁量で所持する屋敷があり、こちらは抱え屋敷と呼ばれていた。

「お前のその装《な》りなら、悪《わる》とは言わねぇが、宿場の博徒の子分と言っても通用するだろう」

その言葉で、丹次の力を借りたいと言った八右衛門の真意が、理解出来た。

「向こうが、助五郎はいないと言ったらなんと返答すれば」

丹次が八右衛門を窺うと、

「仕方ねぇから上屋敷を訪ねて聞いてみるとでも返答しておけ。それでも、助五郎なんか知らないと言ったら、思い違いだったなどと適当に誤魔化して、お前はすぐに巣鴨から立ち去れ」

なんとも乱暴な言葉が返って来た。

「分かりました」

小さく頷いた丹次は、屋敷に近づくと、揚土門の前に立ち、

「ごめんくださいまし。お尋ね申します」

門の中に向かって大声を発した。

だが、門の中はしんと静まり返ったままである。

もう一度声を掛けようとした時、屋敷の式台に若い侍が立って、門の外の丹次を胡散臭げに見た。

「何用か」

履物を履いた若侍が門に近づいて来て、丹次を睨《にら》んだ。

侍に睨まれたくらいで、恐れをなすような丹次ではなかった。

「わたしは、板橋の喜三郎の身内で平次郎と申しますが、こちらにおいでの、助五郎親分に是非とも取次ぎをお願いしたいのでございます」

口上を述べると、丹次は軽く腰を折って相手の顔色を窺った。

若侍は、一瞬戸惑ったように眼を泳がせたが、すぐに、

「そのような者は、おらぬ」

と、突っぱねた。

知らぬとは言わず、おらぬと口にしたのが相手の迂闊《うかつ》さだと丹次は思った。

「分かりました。それじゃ、上屋敷へ伺うことにします」

「いや待て。ここでしばし待て」

慌ててそう言うと、若侍は式台に取って返し、ばたばたと屋敷の中に駆け込んだ。

丹次は、八右衛門から言いつかった通り、門前を離れると、急ぎ中山道へ向けて駆け出した。

松の木陰の前を通り過ぎた時、身を隠していた八右衛門が小さく頷いたのを、丹次は眼の端で捉えていた。

湯島天神門前町の一膳飯屋『田中屋』の外は、相変わらず小雨が降っている。

明け方に比べたら雨勢は衰えたが、夏の名残りなのか、惜しみでもするようにしつこく降り続けている。

飯屋を出るとすぐ、丹次は傘を開いて神田明神の方向へ足を向けた。

北町奉行所の同心、柏木八右衛門の供をして、板橋の妓楼『春祥楼』に行った翌朝である。

ほんの少し前、五つ（八時頃）の鐘が鳴ったばかりだった。

丹次は、一刻（約二時間）ほど前、湯島切通町の『治作店』で、一度目覚めた。

その時は音を立てて雨が降っており、起きるのにも朝餉の支度をするのにも嫌気がさしたまま、二度寝をしてしまい、次に目覚めたのは五つ近くだった。

路地に降る雨が大分小降りになっていたのに気を良くして、丹次は急ぎ洗面や着替えを済ませると、下駄をつっかけて『田中屋』に向かったのである。

朝餉を摂ったら『治作店』に戻るつもりだったのだが、食べている最中にふと気が変わった。

昨日、柏木八右衛門に連れられて板橋に行った丹次は、女男の松の助五郎が本当に狙っていたのは、香具師の喜三郎ではなく、信濃国飯沼藩、青山家の藩医、浅井啓順だったのではないかと聞かされた。

そう断じた八右衛門の説明に納得はいったものの、浅井啓順がなぜ殺されなければばならなかったのかが分からない。

六月になってすぐの頃、薬種問屋『鹿嶋屋』の番頭、弥吾兵衛に見送られた医者の乗り物を付けて、その行先を見届けたことがあった。

そして、乗り物が入って行った薬医門のある屋敷が、浅井啓順の住まいだと知った。

主を失った今、あの屋敷はどうなっているのかと、丹次はふと気になって箸を止めてしまった。

それで、一膳飯屋の『田中屋』を出た丹次は、『治作店』のある湯島切通町とは反対の、神田明神の方へと足を向けたのだ。

湯島天神門前町から、浅井啓順の屋敷のある湯島聖堂手前の湯島横町まで、たいした道のりではない。

雨も小降りになって、歩くのに難儀することもなかった。

明神下を過ぎ、昌平橋の北詰を右に曲がると、湯島聖堂へ通じる道に歩を進める。

眼の前に昌平坂が迫ったところで、丹次は湯島横町の小路へと折れた。

細かい雨に煙っている薬医門が、浅井啓順家の屋敷である。

門から十間（約十八メートル）ばかり通り過ぎたところで、丹次は足を止めた。

主がいなくなったせいか、屋敷全体が重く静まり返っているような気がする。

「待ってくださいっ」

門の中から大声が上がった。

するとすぐに、傘を差した袴の男が風呂敷包みを下げて、門から飛び出し、それを追うようにして、総髪の髪を後ろで束ねた袴の男が傘も差さずに追って出て来た。

「伊藤《いとう》さん、待ってくださいっ」

追って出た三十ほどの青年は、伊藤と呼んだ年上の男の袖を摑むと、

「父に散々世話になっておきながら、出て行くとは何事ですか」

と、詰め寄った。

「浅井先生が亡くなられた上は、他の先生のもとで勉学に励まなければ、わたしとて医師になる手立てはないのですよ」

袖を摑んでいた青年の手を乱暴に振り払うと、伊藤は大股で昌平坂の方へと急いだ。

ほどなくして、笠を被った五十を過ぎたくらいの男の曳く荷車と、小さな包みひ

とつを抱えた十七、八ほどの娘が傘を差して門から出て来ると、茫然と立ち尽くす青年の横で、黙って頭を下げた。

「茂《しげ》さんは、どこへ行くんだね」

「へぇ、娘夫婦が荏原《えばら》村におりますので」

曳いて来た車を止めた男は、青年にそう返事をした。

「それで、お前は」

青年は、娘に眼を向けた。

「神田の口入れ屋さんが、料理屋に口を利いてくれることになりました」

娘の返事に頷いた青年は、

「二人とも、達者で」

一声掛けると門の中に急ぎ入って行った。

「亀次郎《かめじろう》様、お世話になりました」

茂さんと呼ばれた男が、門の中に深々と腰を折ると、娘もそれに倣《なら》った。

その二人が門を離れようとした時、

「ちょっと話を聞きたいんだが」

丹次は、二人の前に立った。そして、

「浅井啓順先生に、以前、世話になったことのある丑松という者でして」

と、名乗った。

町の噂で、啓順の死を知って駆け付けたのだとも口にした。

「それで、家の中の様子はどんなもんだね」

声を低めて丹次は尋ねた。

「先生のご友人もお弟子さん方も、ご子息の亀次郎様が啓順先生の跡を継いで藩医になられると思っておいででしたが、飯沼藩では、他の医者を藩医になさると決められたそうでして」

茂さんは、はぁと、大きく息を吐いた。

飯沼藩の決定は、浅井家は当然のこと、啓順の弟子たちにも衝撃を与えたようだ。

五人の弟子たちの中には、泣く泣く屋敷を去った者もいたが、後足で砂を掛けるようにして逃げ出した者もいたという。

そして、大方の奉公人たちにも暇が出されたのだと呟くと、茂さんと娘は昌平坂の方へ歩き出した。

その二人の向こうから、二つの蛇の目傘が湯島横町の角を曲がって現れた。

傘の下の顔を見て、丹次はぎくりと自分の顔を傘で隠した。

角を曲がって現れた傘の主は、『鹿嶋屋』の番頭、弥吾兵衛と手代の勢助《せいすけ》だった。

勢助を引きつれた弥吾兵衛は厳しい顔付きをして薬医門を潜り、浅井家の屋敷へと入って行った。


それから四半刻ほどが経った。

雨はさらに細かくなって、傘など差さなくても濡れることはなさそうだが、顔を隠すには傘がある方が好都合である。

屋敷の門近くに立っていれば弥吾兵衛に見とがめられる恐れもあり、丹次は、神田明神門前を通る道の角に立って浅井家の薬医門の方を窺っていた。

すると、薬医門を潜って、弥吾兵衛と勢助が表に出て来るのが見えた。

ふと雲行きを見上げた弥吾兵衛は、傘を閉じたまま歩き出し、その後に勢助が続いた。

「お待ちを！」

鋭い声が響き渡り、目を吊り上げた亀次郎が裸足で門を駆け抜けて来た。

「番頭さん、あんまりじゃありませんか！」

亀次郎は叫びながら、弥吾兵衛に摑みかかろうとしたが、咄嗟に両手を広げて立ちはだかった勢助に阻まれた。

「どいてくれ。番頭さんに話があるんです」

なおも詰め寄ろうとする亀次郎を、勢助は邪険に押しとどめた。

弥吾兵衛は、ちらりと一瞥しただけで、何食わぬ顔をして昌平坂の方へ悠然と歩き去った。

「わたしは、明日の朝『鹿嶋屋』さんに伺いますから！　源右衛門殿にそうお伝え願います！」

『鹿嶋屋』の主の名を口に出して弥吾兵衛を追おうとする亀次郎だが、勢助に阻まれて、進もうにも進めないでいる。

「明日の五つには伺いますから、源右衛門殿に必ずお店にいてくださるよう、是非にもお伝えを！」

そう叫んだ亀次郎だが、弥吾兵衛の姿が建物の角を曲がって消えると、足を止めた。

勢助は冷ややかな笑みを浮かべて頭を下げると、急ぎ弥吾兵衛の後を追って行った。

聖堂の敷地の角から門前の様子を覗き見ていた丹次は、力なく両肩を落とした亀次郎が、とぼとぼと屋敷に入って行くのを、痛々しく見送った。

五

日本橋、通二丁目新道は、昨日の雨が嘘のように、朝日に輝いている。

もうすぐ五つになろうかという刻限である。

新道に面した旅籠の、二階の部屋の窓から、日の出とともに大戸を開けた『鹿嶋屋』の出入り口が見えている。

以前から、丹次が『鹿嶋屋』の様子を窺うたびに使っていた、馴染みの旅籠だった。

『鹿嶋屋』でなにかが起きる――それを見届けようと、昨夕から旅籠に入っていたのである。

庄太には、弥吾兵衛に向けた亀次郎の言葉を亥之吉に話し、柏木八右衛門に伝えるようにとの言付けを頼んだのだが、庄太はその用件を済ませると、

『なんだか面白そうだ』

と口にして、一緒に泊まることになった。

「その、亀次郎って若先生は、『鹿嶋屋』に乗り込んで来ますかねぇ」

並んで窓の下を見ていた庄太が、ぽつりと呟いた。

『鹿嶋屋』の番頭、弥吾兵衛に向けた激しさを勘案すれば、亀次郎は必ず現れると丹次は見ていた。

北の方から、鐘の音が届いた。

五つを知らせる、日本橋、本石町の時の鐘である。

「兄ィ」

声をひそめた庄太が、『鹿嶋屋』の表を指さした。

通りの天水桶の陰や、路地の陰などに身を隠している怪しげな男の姿がある。

「見たことのある顔だ」

庄太が呟いた通り、総髪の髪を後ろで束ねた体格のいい男も、三十を越した坊主頭も、頬に傷のある男も、初音の梅吉の子分である。

恐らく、番頭の弥吾兵衛が梅吉に依頼した用心棒だろう。

鐘が鳴り終わると間もなく、薄緑色の裁着袴《たつつけばかま》を穿いた亀次郎が草履の音を立てて、表通りから駆け込んで来た。

その勢いには、表で待ち構えていた梅吉の子分たちも気圧《けお》されたようで、亀次郎は怒濤《どとう》の如く『鹿嶋屋』に飛び込んで行った。

すると、店の中から激しく言い合う声が表にまで聞こえた。

「五つに伺うと言ったじゃありませんか。源右衛門さんはどこにおいでですかっ」

「旦那様には急ぎの用が出来まして」

などと飛び交う怒号に、通りを行く人の多くが何ごとかと足を止めて、『鹿嶋屋』の中を覗いた。

「なんでもないよ！」

梅吉の子分どもは、足を止めた野次馬を荒々しく追っ払いに掛かった。

「これまで、ほとんどの薬は父に進呈するということだったじゃありませんか。それを、浅井の家が青山家の藩医から外れた途端、莫大な薬代の請求ですかっ」

「進呈などと、それは浅井様の勝手な思い違いでございますよ」

亀次郎の言いように対し、弥吾兵衛の声は落ち着き払っていた。

その後は、亀次郎の喚《わめ》き声が響き渡り、やがて、物が投げられる音や板壁にぶつかるような音がした。

突然、店の中から押し出されでもしたのか、亀次郎がたたらを踏むようにして通りへ出て来ると、その後から悠然と勢助が現れた。

「なにをするかっ！」

体勢を立て直して、再度中に入ろうとする亀次郎の腕を取った勢助が、己の腰に乗せるようにして地面に投げ飛ばした。

相撲の手ではなかった。

詳しくは知らないが、以前、武芸の道場で眼にした俰《やわら》の技に似ていた。

倒れて泥にまみれた亀次郎は、すぐに立ち上がり、なおも『鹿嶋屋』の中に向かおうとしたが、梅吉の子分三人にわっと取り囲まれた。

腕を振り回して抗ったものの、坊主頭の男に殴り倒された亀次郎は、子分たちによって、倒れたまま『鹿嶋屋』の前から引きずって行かれそうになった。

「何ごとだ」

割れるような大声が辺りに響き渡ると、子分たちの動きが止まった。

野次馬を掻き分けて姿を見せたのは、目明しの九蔵と下っ引きの亥之吉を伴った柏木八右衛門だった。

その姿を見た勢助ら『鹿嶋屋』の奉公人たちは、急ぎ店の中に戻り、梅吉の子分たちは亀次郎を路上に置き去りにして、楓川の方に駆け去った。

九蔵に命じられて、亥之吉が倒れた亀次郎を立ち上がらせた。

九蔵は、八右衛門に何事か声を掛けると、亥之吉と二人して亀次郎を支え、表通りへと去って行った。

湯島の屋敷に連れて行くのだろう。

旅籠の方を見上げた八右衛門と目が合い、丹次は頷くように頭を下げた。

日本橋、通二丁目新道の東方には、南北に流れる楓川がある。

丹次の前を歩いていた柏木八右衛門が、楓川に架かる海賊橋の真ん中で足を止めた。

「八丁堀の役宅に戻るんだが、その辺まで付き合わないか」

『鹿嶋屋』の騒動が収まった後、旅籠を出た丹次は、八右衛門からそう声を掛けられて、それに応じたのである。

楓川の東方、海賊橋を渡った先は、奉行所の与力や同心が住む役宅が集まっている。

「なにかが動き始めたな」

橋の欄干《らんかん》に両手を置いて川面を向いた八右衛門の呟きに、

「はい」

と、丹次は頷いた。

事の仔細は分からないが、見えないところで確実になにかがうねっている気配を感じている。

「柏木様にお伺いしますが」

「うん」

「先日の青山家の抱え屋敷は、わたしが立ち去った後、どうなったんでございましょう」

丹次は、気になっていたことを口にした。

「屋敷の門を見ていたら、目を吊り上げた侍が五、六人飛び出して来て、お前の姿を捜しまわっていやがった。田圃の先や中山道の方まで捜しに行ったのもいたよ」

「柏木様はなぜ、青山家の抱え屋敷に助五郎がいるとお思いになりましたので？」

「お前に助五郎を訪ねさせた後、青山家がどう動くのか動かないのか、見てみたかったのよ。そしたら、思いのほか慌てふためきやがった。板橋から姿を消した助五郎は、今でも巣鴨の抱え屋敷に匿われているか、とうの昔に、別のところに行ったかだな」

そう言うと、八右衛門は微かに頬を動かして笑った。

「しかし、お家の藩医を殺した助五郎に、どうして当の青山家が手を差し伸べるのかが分かりませんが」

「浅井啓順殺しの背後に、青山家がいるのを隠したいからだよ」

あまりにも大胆な八右衛門の言葉に、丹次は声もない。

海賊橋の北方の江戸橋広小路に建ち並んだ幾つもの蔵の前を、多くの荷車や棒手振りがせわしく行き交っているのが見える。

「女男の松の助五郎の縄張りは板橋だ。青山家のお抱え屋敷は、そこからすぐの巣鴨だ。探れば分かるだろうが、かなり以前から、両者には繋がりがあったに違いない」

八右衛門はそう断じた。

信濃国、飯沼藩の参勤交代の行列は中山道を通る。

行列の規模は、藩の石高や格式によって厳格に決められているが、それを守ろうとすると莫大な出費となり、藩の財政を次第に圧迫していった。

そのため、多くの藩は経費節減のために供揃えの人数を減らしたのである。

しかし、幕府の眼のある江戸府内だけは、決められた供揃えにしなければならない。

そこで、国を出る時は少なくしていた供の人数を、江戸四宿、品川、板橋、内藤新宿、千住で人足を雇い入れて増やし、江戸府内に入るという手に出るようになった。

「板橋で口入れ屋もやっていた助五郎は、飯沼藩の行列に多くの人足を入れてやっていたのだろうよ」

八右衛門はそう言うと、さらに続ける。

青山家の抱え屋敷の侍どもが、板橋でなにか悶着を起こしたり、困ったことが起きたりした時、その火消し役を務めたのが女男の松の助五郎だったのだろうと決めつけた。

「しかし、青山家がどうして、藩医の浅井啓順を殺さなきゃならないのかが」

言葉を途中で切った丹次は、小さく首を傾げた。

「以前、話したことがあったろう」

ぽつりと口にした八右衛門が、くるりと身体を回して欄干に背を凭《もた》せると、話を続けた。

「藩医は、大名家の奥深くに入り込み、外には知られたくない秘事を知りうるということをさ」

「はい」

丹次もそのことは覚えていた。

「世話になっている藩医とはいえ、そんな者に身辺をうろうろされたら、いつお家の秘事を外に洩らすかもしれず、心穏やかにはいられめぇ」

「それだけのことで？」

丹次は眉を顰《ひそ》めた。

「確証はねぇが、青山家は、浅井啓順が『鹿嶋屋』にお家の内情を洩らしていたことを摑んだのかもしれねぇよ」

浅井啓順から得たお家内部の秘事を種に、『鹿嶋屋』は青山家に近づき、何らかの便宜を図ってもらっていたのではないかというのが、八右衛門の話の内容だった。

しかし、最近になって三者の間になんらかの軋《きし》みが生じ、青山家は女男の松の助五郎を使って、強硬策に出たのではないかというのだ。

「ま、それもこれも、確たる証はないがね」

ふんと、小さく鼻で笑った八右衛門は、凭れていた欄干から身体を起こすと、

「じゃあな」

坂本町の方に足を向けた。

「面白い話をありがとう存じました」

八右衛門の背中に軽く頭を下げて、丹次が踵を返したと同時に、

「あ」

という八右衛門の声に、丹次が振り向いた。

「おめぇの方はどうなんだ。ほら、『武蔵屋』の、世話になった佐市郎の行方を捜してるって言ってたろう」

橋の上に立ち止まった八右衛門が、思い出したかのように問いかけた。

「へぇ」

突然の問いかけに、丹次は一瞬答えを逡巡してしまった。

だが、八右衛門は佐市郎と学問所で机を並べていた昔馴染である。心配するのになんら不思議はなかった。

「『武蔵屋』の昔の奉公人で、岩槻に戻った女中がいると分かりましたんで、近々、訪ねようかと思案しているところでして」

丹次は、既に佐市郎の住まいを訪ねたことは伏せた。

お滝や要三郎を巻き込んだ江戸の蠢《うごめ》きが収まるまでは、岩槻の佐市郎のことには触らない方がいいように思える。

そうかと呟いた八右衛門は、

「おめぇが探ってくれた車曳きの久助のことだがな。そのうち、おれの調べに使わせてもらうかもしれねぇから、一言言っておくぜ」

ひょいと片手を上げて背中を向けると、海賊橋を渡り切った。

丹次は、八右衛門の姿が坂本町の小路に消えるまで見送ってから、江戸橋の方へと足を向けた。

楓川の材木河岸に鐘の音が流れて来た。

おそらく四つ（十時頃）を知らせる時の鐘だろう。

第三話　迷路

一

七月一日となったこの日、暦の上では秋になった。

丹次はいつも通り、六つ（六時頃）の鐘とともに起き出して、洗面をし、朝餉の支度に取り掛かった。

『治作店』の路地に置いた七輪で火を熾《おこ》す段になると、辺りは熱気に包まれる。

季節の変わり目とはいえ、昨日と今日の間に、たいした変化などなにもなかった。

飯沼藩青山家の藩医、浅井啓順の倅、浅井亀次郎が『鹿嶋屋』に押しかけた日の翌日である。

「ほう、朝餉の支度とは、感心しますな」

木戸の方から、道具袋を担いだ徳太郎が笑顔で近づいて来た。

「実は昨日、お杉に、岩槻の小春さんから文が届きましたよ」

徳太郎の声に、丹次は、七輪を煽《あお》いでいた団扇《うちわ》を止めて立ち上がった。

「お杉のやつ、字なんか読めませんから、『差出人の名前を大家に見せたら、岩槻、小春と書いてあった』と言ってました。なんと書いてあるのかは、丑松さんと一緒に読みたいなんて言うもんですから、こうしてお知らせに」

「朝餉を済ませたら、住吉町に飛んで行きますよ」

丹次は、徳太郎に向かって何度も頷いた。

「それじゃ、わたしはこれで」

軽く会釈をすると、徳太郎は踵を返した。

「稼ぐんだね」

「へい」

軽く右手を上げて丹次に応えると、徳太郎は道具袋を担ぎ直しながら、木戸から出て行った。

鋸の目立ての声を振り撒きながら、江戸の町々を歩き回るのが徳太郎の生業である。

一旦、家の中に入った丹次が、すぐに路地に戻り、家の中から持ち出した鉄瓶を、火の熾きた七輪に載せた時、

「おはよう」

隣りの家の戸が開いて、『がまの油売り』の幟《のぼり》を手にした春山武左衛門が、浮かない顔で路地に現れた。

「元気がねぇようですが、どうなさいました」

「亀戸の長蔵親分の様子が、どうも落ち着かぬのだ」

小声で返事をした武左衛門が、はぁとため息をついた。

長蔵とは、亀戸一帯を縄張りに持つ香具師の親分である。

武左衛門のように、『がまの油売り』や様々な品物を売る小商いの連中に品物を卸して、亀戸天神をはじめ、近隣の寺社の境内や大道での商売を許し、保護しているのが香具師と言われる渡世人だった。

「品を仕入れている連中が噂をするには、板橋のご同業、喜三郎親分が殺されてか

らというもの、長蔵親分の警戒心がただ事ではないというのだよ。子分の何人かは、あれは警戒心というよりも、親分は怯えているのだと、冷ややかな見方をする者も現れました」

長蔵の子分の中には、親分を見限って他の香具師に鞍替えしようかと考えている者もいるらしいと、武左衛門は嘆いた。

子分だけではなく、品を仕入れている小商いの者にまで長蔵に対しての不安が広がり、

「春山さん、一緒に、他の親分の縄張りに移りませんか」

瀬戸物売りの男に誘われているのだとも打ち明けた。

「それに、なんと返答を？」

丹次が尋ねると、大いに迷っているのだと口にして、武左衛門はため息をつきながら『治作店』の木戸から表へと向かった。

丹次の足の動きは、ついつい早くなっている。

朝餉を摂って、湯島切通町の『治作店』を後にしたのは、五つ（八時頃）まであ

と四半刻という時分だった。

岩槻の小春からお杉のもとに届いたという文になにが書いてあるのか、丹次の気は逸っていた。

人形町通りを南へと向かっていると、葺屋町《ふきやちょう》や堺町の方から、笛や太鼓などの音曲が届いて来る。

多くの見物人が押し寄せる葺屋町や堺町一帯は、朝早くから華やかな賑わいを見せる。

芝居町近辺には、芝居茶屋や料理屋、食べ物屋をはじめ、人気役者の名や紋所を染めた手拭いなどの小物を売る小間物屋も多く軒を並べており、芝居小屋の外でも人を集めているのだ。

お杉の住む『八兵衛店』は、芝居町から二町（約二百二十メートル）ほど南に行ったところにある住吉町裏河岸を左に曲がった先にある。

「お杉、おれだ」

お杉の家の戸口に立って声を掛けると、

「ささ、入って」

手にしていた箒《ほうき》を放り出し、お杉は丹次を家の中に招じ入れた。

土間に草履を脱いで、莫蓙の敷かれた板張りに上がると、お杉は、茶簞笥《ちゃだんす》の中から一通の文を取り出して座り込み、

「これですよ」

丹次に差し出した。

表書きに『おすぎさま』と書かれた書付をひっくり返すと、『いはつき　こはる』と記されている。

「間違いない。小春からだよ」

「人に頼んで読んでもらうわけにいきませんから、丹次さんがおいでになったらと待っていたんですよ」

お杉は気が逸るのか、早く読めとでもいうように、文を持った丹次の手を押した。

「それじゃ、読むよ」

丹次は、折られた文を広げた。

「番頭の粂造さんの遺志やお杉さんの願いを汲んだという、『武蔵屋』の元奉公人だった丑松と名乗る人が訪ねて来た。そんな書き出しだよ」

丹次が説明すると、

「やっぱり、丹次さんだとは知らなかったようで、幸いでした」

お杉は、ほっとしたように小さく息を吐いた。

小春の文には、丑松という、会ったことのない男が訪ねて来たので不安ではあったが、お杉や、女中奉公をしていたお美津、おたえの懐かしい名を聞いたので、ついつい話し込んでしまったと書かれていた。

「お杉さん、佐市郎様は、岩槻で元気に暮らしておいでになります。眼医者に掛かっていますが、治りはしないものの、悪くなるということもありません」

「よかった」

丹次が読む文面に、お杉は心底ほっとした声を洩らした。

「佐市郎様は、ほとんど毎日、楽しく木を彫り、刷り絵作りに励んでおいでです。わたしはお側にいて、刷り絵作りのお手伝いをさせていただいてます。丑松さんの話によれば、粂造さんは亡くなられて残念でしたが、お杉さんはお達者とのこと、今度江戸に行く時は、是非ともお眼に掛かりたいものです」

丹次が、小春の書いた文言を分かりやすく嚙み砕いて伝え終わると、お杉は、

「はい」

と、呟いて、安堵したように息を吐いた。

「お杉、小春に返事を出したいなら、おれが今、ここで代筆をしてやってもいいんだぜ」

「でも、うちには紙も筆もありませんし」

いかにも残念そうに、お杉が顔をしかめた。

「伝えたいことがあれば、言ってくれ。そしたら、『治作店』に戻ってからおれが紙に書いて、岩槻に送ってやるよ」

「はい」

丹次の申し出に、お杉が満面に笑みを浮かべた。

早飛脚なら、二、三日の内には小春の手元に届くはずである。

「岩槻に行ってくれた丑松さんから、佐市郎旦那が小春さんの世話を受けて、達者に暮らしておいでと聞いて、ただただ、嬉しゅうございました。粂造さんが生きていたら、どんなにか喜んだことでしょう。

『武蔵屋』は人手に渡ってしまいましたが、いずれ、佐市郎旦那には、江戸に戻って来ていただきたいものですとお伝えください。江戸にいる、『武蔵屋』の元奉公人たちと力を寄せ合いますので、どうかどうか、その日が来るのを待っていてくださいますよう」

お杉が口にした小春宛の文言を、丹次はしっかりと胸に収めた。

住吉町のお杉の家を後にした丹次は、急ぎ、湯島切通町へと向かった。

お杉から聞いた文言を文にして、今日のうちに飛脚便に託すつもりである。

小伝馬町の牢屋敷を過ぎ、神田堀に架かる九道橋を渡ったところで、ふと足を止めた。

ここからなら、神田下白壁町が近いな——腹の中で呟いた丹次は道を変えることにした。

神田堀に沿って竜閑川へと西へ向かうと、東中之橋の袂を右へと曲がった。

そこから二町ばかり先に、口入れ屋『藤金』があるのを思いついたのである。

「こりゃ、丑松さん何ごとですか」

丹次が、口入れ屋『藤金』の土間に足を踏み入れると、帳場に座っていた主の藤《とう》兵衛《べえ》は素っ頓狂な声を上げた。

「急ぎ文を書きたいので、申し訳ないが、筆と墨をお貸し願いたいんですが」

丹次が丁寧に腰を折ると、

「えぇ、えぇ、そりゃ構いませんよ」

藤兵衛は、帳場の机に置いてあった硯箱《すずりばこ》と筆を、土間に近い板張りに置いた。

「紙はあるのかな」

「あ、出来れば紙も頂戴します」

丹次は笑って、片手を頭に乗せた。

「書き終わったら、奥に声を掛けてください」

紙を用意した藤兵衛は、邪魔にならないようにと気を遣ったのか、奥へと引っ込んで行った。

お杉が口にした小春への文言の一言一句を忘れるわけもなく、丹次はすらすらと、あっという間に書き終えた。

宛先や差出人の名を記すと、

「藤兵衛さん」

奥に声を掛けた。

「これは、お早いことで」

奥から出て来た藤兵衛は、感心したような声を上げて帳場に座った。

「それにしても丑松さん、いいところに来てくれましたよ」

そう口にすると、藤兵衛は帳場格子にぶら下げていた帳面を取って、紙を捲《めく》った。

「日が昇ってすぐ、本材木町の献残屋『三増屋』さんから使いが来ましてね、昼過ぎからでいいので、手が欲しいというのですよ」

今日の仕事を今朝早く持ち込まれた藤兵衛は困惑したのだが、得意先のひとつである『三増屋』の頼みというので無下に断わるわけにはいかなかった。かといって、この日、車を曳ける者が見つかるかどうか、その思案に暮れていたところだったのだと、藤兵衛は打ち明けた。

「分かりました。わたしが引き受けましょう」

「ああ、それは助かるよ。丑松さん、この通り、恩に着ます」

藤兵衛は、丹次に向かって手を合わせた。

「藤兵衛さん、よしてくださいよ」

笑いながら片手を打ち振った丹次は、

「飛脚屋に立ち寄ってから、『三増屋』に顔を出すことにします」

そう口にして、口入れ屋『藤金』を後にした。


本所を東西に貫く竪《たて》川の水面は、夕焼けの色に染まっている。

日は、西方の千代田城の辺りに沈み込もうとしていた。

本所、二ツ目通に面した、三千石の幕府寄合職、中山丹後守《たんごのかみ》家の屋敷で荷を受け取った丹次は、荷車を曳いて竪川に架かる二ツ目之橋を渡った。

車に積んだ荷はかなりの数量だったが、小物が多く、たいして重くはなかった。

二ツ目之橋の南側は本所松井町と林町だが、その先は深川常盤町となる。

車を曳いてまっすぐ南へと進んだ丹次は、道に迷うことなく深川御籾蔵の横へ出て、大川に架かる新大橋を渡った。

新大橋を渡った先の西岸は、大名家の屋敷をはじめ、大小の武家屋敷の建ち並ぶ一帯だが、銀座の横を抜けて幾つか橋を渡れば、日本橋、本材木河岸の献残屋『三増屋』までは近道である。

浜町堀に架かる小川橋を渡りかけた丹次が、ふと足を止めた。

小川橋を渡った先の住吉町にはお杉の住む『八兵衛店』があるのだが、丹次が気になったのは、堀の北方にある千鳥橋際の居酒屋『三六屋』である。

そこの女主のお七は、つい最近、情夫だった香具師の親分、梅吉から別れを切り出された。

その申し出を承知すると、梅吉は『三六屋』をお七への置き土産にしたのだという。

十日ほど前『三六屋』に行った時、お七の様子に陰りがあるようには見えなかったのだが、内心の悔しさを隠していたということも考えられる。

近くを通りかかったついでだ――腹の中で呟くと、丹次は荷車の梶棒《かじぼう》を千鳥橋の方へと回した。

東緑河岸を北へ進むと、高砂橋、栄橋を過ぎた先に千鳥橋がある。

千鳥橋の東詰から橋を渡ろうとした丹次は、対岸の『三六屋』を見て車を止めた。

橋の袂にある『三六屋』の表には、掛け行灯が点いているが、日暮れ間近の建物は黒い影になっていた。

その建物の裏手で、小さな赤い火がぽつんと灯った。

酒か醤油の樽に腰掛けた女の影が、煙管《キセル》で煙草を喫《の》んでいる。

身体つきや髪型から、お七のようだ。

煙管を口にくわえたお七がもう一服したのだろう、暗がりで、赤い火が一瞬灯った。

表情は見えないが、影になったお七の手の動きに、疲れのようなものが窺えた。

『三六屋』に近づくのはやめて、丹次は梶棒を回すと、ひとつ南にある栄橋へと荷車を曳いて行った。

二

湯島切通町の『治作店』は夕闇に包まれていた。

まだ、微かに明るみの残る井戸端で、諸肌を脱いだ丹次は手拭いで汗を拭っている。

丹次は、浜町堀から日本橋の献残屋『三増屋』に向かって荷を下ろすとすぐ、

『治作店』に帰ったのだ。

間もなく六つ半（七時頃）という時分だろう。

足音がして、路地の方から二つの影が現れた。

三軒長屋の一番奥に住む、囲われ女のお牧《まき》が、時々やって来る旦那から半歩ほど遅れて、井戸端を通りかかった。

お牧は、しなやかに首を下げながら艶っぽい笑みを丹次に投げかけると、旦那に続いて木戸を潜って行った。

「これはこれは。お二人で夕餉へお出かけかな」

なんとも邪心のない声を投げかけた春山武左衛門が、手拭いを下げて木戸から入って来た。

「おう、丑松殿は今でしたか」

「えぇ」

丹次は、井戸端で足を止めた武左衛門に返事をすると、着物に袖を通した。

「飯はどうするおつもりかな」

「これから飯の支度をしてたんじゃ遅くなりますから、天神門前の『蔦屋』にしようかと」

「それがしも同道してよいだろうか」

「もちろん」

丹次は笑顔で頷いた。

「お、いましたね」

威勢のいい声を上げながら、下っ引きの亥之吉が木戸から入って来た。

「春山さんもおいででしたか」

武左衛門に会釈をすると、亥之吉はすぐに丹次に眼を向けた。

「丑松さんに話したいことがあって、来たんですよ」

「ほう」

「それも、ちょっと小気味のいい話だから、酒でも飲みながらと思って、稲荷ずしやらなんやら、酒の肴も買い込んで来ました」

亥之吉は、紐でぶら下げた竹の皮の包みを三つばかり、眼の高さに持ち上げてみせた。

丹次の家の板張りには行灯が灯り、その脇に、稲荷ずしやこんにゃくと牛蒡の煮しめ、煮豆の盛られた皿や小鉢が並び、湯呑を手にした丹次、武左衛門、亥之吉が車座になっていた。

亥之吉が持ち込んだ二合徳利の酒を湯呑に注いだ三人は、ともに一杯目を飲みきって、肴に箸を伸ばし始めている。

「亥之吉さんの酒がなくなったら、それがしの買い置きがあるゆえ、安心してください」

武左衛門は、丹次に誘われて酒席に加われたことが嬉しいらしく、先刻から目尻を下げっ放しである。

「それはありがたい」

丹次が笑顔で返答すると、

「ささささ」

武左衛門は、亥之吉の湯呑に酒を注ぎ足した。

表の路地はすっかり暗くなっている。

「丑松さん、実は今日、うちの親分と二人、柏木様のお供をしたんですよ」

亥之吉が、話を切り出した。

亥之吉が口にしたうちの親分とは、神田佐久間町の目明し、九蔵のことである。

「行った先はどこだと思います」

「どちらにしろ、御用の筋だろうね」

そう言って、丹次は湯呑を口に近づけた。

「薬種問屋の『鹿嶋屋』です」

秘密めかしたように声をひそめると、亥之吉はひとつ大きく頷いた。

丹次は、湯呑を持つ手を止めた。

亥之吉によれば、店先に同心や目明しがいては商いに障るからと、奥の部屋に案内されたという。

柏木八右衛門と『鹿嶋屋』の番頭である弥吾兵衛が部屋で向かい合い、九蔵と亥之吉は中庭に面した縁に腰掛けた。

八右衛門が『鹿嶋屋』を訪ねた用件は、二年前、死体となって茅場河岸に浮かんでいた車曳きの久助に関することだった。

「『久助という車曳きのことについて、おれがこちらを訪ねた二年前のことを覚えているかね』と、柏木様が静かな声でお尋ねになると、番頭は『えぇ、覚えております』と返答しやがった。すると、柏木様は、『その時、番頭さんをはじめ、こちらの奉公人たちがなんと返事をしたか、お前さん、覚えておいでかね』と相手の顔にぴたりと眼を向けられました。そしたら、番頭の弥吾兵衛がすっと眼を逸らしましてね、『はて』と呟いて首を傾げたんだよ」

少々芝居じみた物言いをして、亥之吉は煮しめを口に放り込んだ。

すると、八右衛門は、

『それじゃ、今一度聞く。二年前、茅場河岸に浮かんでいた久助という車曳きを知っているか』

と、弥吾兵衛に問いかけたのだと、亥之吉が話を続けた。

しかし、弥吾兵衛の返事は、久助という車曳きにはやはり心当たりがないということだった。

「そしたら、柏木様の眼が鋭く光って、番頭の顔を睨むように見たんですよ」

亥之吉は、自分の眼を剝いて武左衛門を睨んだ。

『手を尽くして久助のことを調べていたら、ここへ来て、いろいろなことが少しずつ分かって来たんだよ番頭さん』

声は静かだったが、相手の胸を抉《えぐ》るような鋭さがあったと、亥之吉は声を落として言い、八右衛門が弥吾兵衛に迫った時の様子を続けた。

『番頭さん、車曳きの久助の生まれ在所は、甲州街道、布田五ヶ宿の先の、車返という村だったよ。上石原で飯盛り女をしている妹がいて、昔話をいろいろとしてくれた。それによると、久助は、布田五ヶ宿の博徒、地蔵の嘉平治が営む口入れ屋の口利きで、下布田の飛脚屋〈大坂屋〉の車曳きになったそうだよ。その当時の主は、喜左衛門といったようだが、その人が死んだ後には、江戸から来た若い男が〈大坂屋〉を引き継いだらしい』

八右衛門がそんな話をし始めると、弥吾兵衛の顔が強張りだしたと、亥之吉は言う。

『ともかく、〈大坂屋〉の車曳きになった久助は、布田五ヶ宿から、日本橋の〈鹿嶋屋〉という薬種問屋に、年に何度か荷を運んでいたらしいが、番頭さんは、そんな車曳きを知らないんでしたね』

八右衛門の問いかけに、生唾を飲み込んだ弥吾兵衛は黙り込んだ。

『番頭さん、〈鹿嶋屋〉という薬種問屋が、日本橋、通二丁目新道に、もう一軒ありましたかねぇ』

そんな八右衛門の問いかけに、弥吾兵衛は青ざめたらしい。

「ここからが、柏木様の見せ場だったよ」

亥之吉は、まるで芝居を見てきたような物言いをして、自らも背筋を伸ばして、胸の前で両腕を組んだ。

「柏木の旦那は、『なんなら、地蔵の嘉平治をはじめ、飛脚屋〈大坂屋〉の要三郎、久助の妹を〈鹿嶋屋〉に連れてきて、主の源右衛門さんや番頭のお前さんに、もう一度、おんなじことを尋ねてもいいんだぜ』と、まぁ、口調は穏やかだったが、これはもう、柏木様のねちっこい脅しだ。それには番頭も隠し切れないと観念したらしく、『わたしの思い違いのようです。そういえば、布田の方から来ている車曳きに、久助というお人がいたような気がします』と、二年ほど前に尋ねられた時、知らないと言ったのは決して嘘ではなく、ただの思い違いだったのだと、番頭は額を畳にこすりつけましたよ」

亥之吉が語った『鹿嶋屋』の様子から、番頭の弥吾兵衛に迫る八右衛門の静かな凄みのようなものが、眼に浮かんだ。

さらに、八右衛門はすでに、『鹿嶋屋』に関わるなにかに狙いを定めたのではないかという確信のようなものを、丹次は感じていた。


からりと晴れ渡った日本橋の表通りは、いつものように多くの人が行き交っていた。

五つ（八時頃）をほんの少し過ぎた時分である。

商用で急ぐお店者《たなもの》もいれば、棒手振りも威勢よく駆け回る中、買い物に来た娘たちの姿もちらほら見受けられる。それに加えて、江戸見物に来た連中が案内書を手にして右往左往している。

やはり、避ければよかったか——大八車を曳きながら、丹次は片手で菅笠を上げて辺りを見回した。

日本橋の表通りが混むのは承知の上だったが、京橋に近い大根河岸の豆問屋で荷を積み、芝の田町に届ける仕事を請け負っていた。

口入れ屋『藤金』から八丁堀を回って京橋に向かう手もあったが、それでは余りにも遠回りになるのだ。

『治作店』で、亥之吉や武左衛門と酒を酌み交わした日から二日が経った、七月の三日である。

人の間隙を縫うようにして日本橋を渡り、白木屋の先の通二丁目に差し掛かったあたりで、通二丁目新道の入り口に人だかりがしているのを眼にした。

新道には、薬種問屋『鹿嶋屋』がある。

気になった丹次は、大八車を表通りの路傍に置くと、人だかりを掻《か》き分けて通二丁目新道へと入って行った。

すると、『鹿嶋屋』の表には捕り手や目明しがいて、押し掛ける野次馬を懸命に押し返している。

「なにがありましたんで」

菅笠に手を遣った丹次が丁寧に尋ねると、

「なんでも、あの薬屋の奉公人たちが腹痛や吐き気でのたうち回ってるらしいぜ」

道の奥に首を伸ばしていた担ぎ商いの男が教えてくれた。

「さっきから、医者らしいのが何人もバタバタと駆け込んで行ったが、まだ死んだって話は聞かねえ」

担ぎ商いの男の脇にいた唐辛子売りも口を挟んだ。

「『鹿嶋屋』の連中は、吐いたり呻《うめ》いたり、地獄の苦しみらしいが、薬屋だから効く薬ぐらいはあるだろうよ」

『鹿嶋屋』の方から歩いて来た野次馬の一人が、連れの男にそう言いながら、表通りへと向かって行った。

『鹿嶋屋』でなにかが起きたようだが、その仔細は分からないまま、丹次はその場を離れた。


日は中天に昇っている。

秋になったとはいえ、夏と同じ日射しを浴びて、笠を被っているものの、先刻から丹次の首には汗が伝っていた。

京橋の大根河岸で積んだ俵五つを、芝の穀物問屋で下ろした丹次は、日本橋の表通りを、神田下白壁町の口入れ屋『藤金』へと向かっている。

ほんの少し前、京橋を渡る寸前に正午を知らせる時の鐘を耳にしていた。

通二丁目新道が近づくと、丹次は歩を緩め、やがて足を止めた。

小路の入り口辺りに朝のような人だかりはなかったが、大戸を下ろした『鹿嶋屋』の周辺は異様に静まり返っていた。

丹次は、急ぎ大八車を曳いて、日本橋の方へと向かった。

「おぉ、丑松さん、『鹿嶋屋』の騒ぎを知っているのかね」

帳場に座っていた藤兵衛が、興奮した声を丹次に向けた。

丹次は、大八車を曳いて口入れ屋『藤金』に着くとすぐ、裏の井戸端で手拭いを絞り、顔や首筋の汗を拭いて帳場に戻って、藤兵衛が出してくれた冷たい麦茶に口を付けたばかりであった。

「知ってると言っても、野次馬の噂話を聞いただけですがね」

丹次は、朝方、通二丁目新道で耳にした話を口にした。

「いやいや、その噂の通り、『鹿嶋屋』の主人、源右衛門さんはじめ、住み込みの奉公人や女中たちが腹痛で苦しみ出したのは、朝餉を摂った後らしいよ」

藤兵衛は、眉を顰めた。

通いの番頭や奉公人たちが『鹿嶋屋』に来ると、店の奥で源右衛門はじめ、住み込みの奉公人たちが苦しんでいるのを見つけ、てんやわんやだったようだ。

初手は、食中《あた》りではないかと思われていたのだが、主人の源右衛門がよく使う座敷に置いてある金魚鉢の中で、金魚が死んでいるのを女中の一人が見つけて、大騒ぎになったのだと藤兵衛は話した。

金魚の水替えを任されている女中が、今朝早く起きて、井戸端で水を替えた後の異変だったという。

「調べに当たったお役人や目明したちの中には、毒の混じった井戸水を使って朝餉の支度をしたからだと言う者がいて、ためしに、近所の釣具屋からメダカをもらって、井に注いだ井戸水で泳がせたというんですよ」

「ほう」

丹次は、藤兵衛の話に聞き入っていた。

「すると、四半刻（約三十分）もしないうちに、メダカも死んだそうで、お役人は、昨夜の内に、誰かが『鹿嶋屋』の井戸に毒を投げ入れたに違いないと、判断したそうです」

丹次は、声もなかった。

「実はさっき、顔見知りの目明しが来て言ってたんですが、どうも、人が死ぬほどの強い毒ではなかったようですから、誰かのいやがらせだろうということでした」

藤兵衛の話を聞きながら、丹次は、胸に微かな痛みを感じていた。

三

筋違橋《すじかい》を渡って、神田広小路へとまっすぐに向かい始めた時、背後から鐘の音が届いた。

八つ（二時頃）を知らせる、日本橋本石町の時の鐘である。

口入れ屋『藤金』を後にした丹次は、近くの蕎麦屋に飛び込んで、少し遅めの昼餉を摂ったばかりだった。

「丑松さん」

火除広道から中通に入り込もうとしたところで、聞き覚えのある声がした。

昌平坂の方から、亥之吉が小走りに近づいてくる。

亥之吉の後ろには、八右衛門と目明しの九蔵の姿があった。

「帰るのか」

「へぇ、朝から荷を積んで車曳きの仕事がありましたんで」

丹次は、軽く頭を下げると、八右衛門にそう返事をした。

「丑松さん、あっしら、どこからの帰りだと思いますか」

亥之吉の顔には厳しいものが張りついている。

丹次が、三人の背後の昌平坂に眼を遣ると、

「元、青山家の藩医、浅井啓順の屋敷に行った帰りだ」

八右衛門がぶっきら棒な物言いをした。

「もしかしたら、『鹿嶋屋』の井戸に混ぜられた毒の件じゃありませんか」

藤兵衛に聞いた話が、丹次の口を衝いて出た。

「知っていたか」

九蔵が呟いた。

丹次は、今朝、『鹿嶋屋』の近くで騒ぎに遭遇したことや、口入れ屋『藤金』の親父から話を聞いていたことを打ち明けた。

「もしかしたら、柏木様は、倅の亀次郎をお疑いでしたか」

「あぁ、そうだ」

丹次の問いかけに、八右衛門はあっさりと返事をした。

「だがよ、屋敷に行ってみると、亀次郎の奴、裏庭の柿の木で首を吊って死んでやがった」

八右衛門の声に、九蔵と亥之吉が小さく相槌を打った。

「よって、『鹿嶋屋』の井戸の中に、何の毒を撒いたのかは、未来永劫、闇の彼方に埋もれる」

吐き出すように口にして、八右衛門は路面の小石を草履で蹴った。

丹次は、先日『鹿嶋屋』に押しかけて、源右衛門の不実に怒りをぶちまけていた亀次郎の、無念の表情を思い出していた。

「ここじゃなんだ。向こうに移ろう」

人通りの多い道端を離れた八右衛門が、佐久間河岸の方に場所を移した。

「二日前、おれたち三人で『鹿嶋屋』に行ったことは、亥之吉から聞いたそうだな」

神田川の岸辺で足を止めると、八右衛門が丹次に切り出した。

「はい。番頭の弥吾兵衛が、久助のことを知っていたと、遂に白状したと聞いております」

「お前が布田に行って、久助の妹からいろいろと聞き出してくれたお蔭だ。礼を言う」

「恐れ入ります」

丹次は、八右衛門に頭を下げた。

「しかし柏木様、『鹿嶋屋』の番頭は二年前、どうして久助を知らないなどと嘘をついたんでしょうかねぇ」

九蔵が問いかけた疑問は、丹次が抱いている疑問でもあった。

「まだはきとしたことは分からぬが、おれが思い描いたのは、『鹿嶋屋』は久助に強請《ゆす》られていたんじゃねぇかということだ」

八右衛門の口から、思いもよらない言葉が飛び出した。

「強請《ゆすり》といいますと」

九蔵が声を低めた。

「確たることは言えねぇが、布田の『大坂屋』から運ぶ積み荷の中に、ご禁制の薬草があるのを知って、久助は『鹿嶋屋』に脅しを掛けたと睨んでる」

「ご禁制の薬草といいますと」

「わが国じゃ栽培出来ないと言われている、人参、大黄《だいおう》、甘草《かんぞう》なんかだよ」

八右衛門が薬草の名を口にすると、

「しかし、それをどこから」

九蔵は首を傾げた。

「信濃国、飯沼藩の領内からなら、北国西街道から下諏訪へ出て、甲州街道から江戸に入ることが出来る」

八右衛門の口調には、確たる響きがあった。

久助殺しの背景には、『鹿嶋屋』を取り巻く飯沼藩青山家と藩医の浅井啓順だけではなく、飛脚屋の『大坂屋』などが絡んでいるということなのだろうか。

「勘定奉行配下に御林《おはやし》奉行というのがあってな、本来は幕府直轄の山林を掌《つかさど》って、材木の伐採や検分に飛び回るのだが、たまに諸藩を訪ね、林野を見せてもらうこともあるらしい。その御林奉行の下で奉行手代をしている幼馴染がおって、そいつが折よく、甲斐や信濃の諸藩や幕府直轄の林野を巡るというので、飯沼藩青山家の領内にある、『鹿嶋屋』の御薬園の様子をじっくりと見てくれと頼んだ。真っ当な薬草も植えてあるだろうが、山奥のどこかに、『鹿嶋屋』の隠し薬園があるやもしれんからな」

八右衛門の話に、丹次は圧倒されていた。

久助殺しに端を発した出来事は、いつの間にか、丹次の思いをはるかに超える展開を見せ始めていたのである。

日本橋馬喰町の通りを横切って、神田川の方へ進んだ辺りで雨が落ち始めた。

大粒の雨ではなく、ずぶ濡れになる心配はなさそうだが、丹次は出来るだけ家々の軒下を通ることにした。

外に出かける時は、顔を隠すために菅笠を被るよう努めているが、それは、突然の雨にも役に立つ。

神田川南岸の柳原土手に出ると、丹次は小走りに新《あたら》シ橋を渡った。

亥之吉の住む神田八名川町の『小助店《こすけだな》』は、神田川の北岸、久右衛門河岸の一本裏通りにある。

「亥之吉さん、いるかい」

丹次は、何度か訪ねている亥之吉の家の戸口で声を掛けた。

「おう、いるよ。入んな」

亥之吉の声を聞いて笠を取った丹次は、戸障子を開けて土間に足を踏み入れた。

「お、丑松さんか」

亥之吉は、板張りに敷いた莫蓙の上で十手を磨いていた。

「いてくれて、助かったよ」

丹次は、框に腰を掛けた。

「いったい何事です」

亥之吉は、磨いていた十手を脇に置くと丹次の傍に膝を進めた。

「今、住吉町のお杉さんの家からの帰りなんだが、どうあっても亥之吉さんの力を借りなきゃならないことが持ち上がったんだよ」

口にした通り、丹次は今朝、お杉からの呼び出しに応じたのである。

『お杉がおいで願いたいと言ってるんですが』

鋸の目立てを生業にしている徳太郎が、湯島切通町の『治作店』に立ち寄って、女房のお杉からの言伝を置いて行った。

朝餉の途中だった丹次は、急ぎ食べ終えると、住吉町の『八兵衛店』に駆け付けた。

『昨日、お美津が訪ねて来て、言うんですよ』

お美津は、『武蔵屋』が人手に渡るまで奉公していた女中である。

今は、日本橋本石町の料理屋『八百春《やおはる》』の女中をしている。

『布田のお滝が、明後日の夜、〈八百春〉に来るそうです。それも一人ではなく、締めて五人分のお膳を前もって頼んでいるんだそうです』

お杉は、駆け付けた丹次にそう告げたのだった。

「お美津さんが昨日口にしたってことは、『八百春』に来るのは、明日の夜なんだ」

「そういうことだね。それで、あっしの力を借りたいというのは」

亥之吉は、真顔で丹次を見た。

「明晩の、お滝の部屋の様子を窺える手立てがないものか、お美津さんに尋ねてもらいたいんです。隣りの部屋に潜めれば言うことはないが、近くの部屋でもいいので亥之吉さんに潜んでもらい、時々廊下に出て、部屋の中の話を聞いてもらえるといいんだが」

丹次は、頭を下げた。

明日の夜、お滝は五人分のお膳を注文している。

丹次は明晩、『八百春』の外に潜んで、誰が現れるのか確かめるつもりだった。

「分かった。お美津さんには頼んでみますが、ただ、明晩、うちの親分から呼び出しが掛かった時は勘弁してください」

「ええ、それは承知しております」

腰を上げると、丹次は深々と腰を折った。


日本橋本石町三丁目の通りでは、色とりどりの短冊を枝に結びつけた笹竹が家々の表に立てられている。

昨日の雨模様の空は嘘のように消え、江戸は朝から晴れ渡っていた。

日暮れが近くなってから少し風が出て、笹の葉がさらさらと鳴る音が、西日を浴びた通りに流れる。

ほんの少し前、本石町三丁目の時の鐘が、六つ（六時頃）を打ったのを丹次は庄太とともに聞いていた。

料理屋『八百春』は、時の鐘の櫓下《やぐらした》から、鐘突堂《かねつきどう》新道を東に向かった四つ辻の角にある。

丹次と庄太は、『八百春』の戸口が見通せる、岩附町《いわつきちょう》の蕎麦屋の窓際に、半刻前から座り込んでいた。

その間、お滝は無論のこと、見知った顔が『八百春』に近づいた様子はなかった。

足元のお盆には、空になった徳利と、まだ半分は残っている徳利、それに、焼いた干し鱈《だら》や酢味噌を載せたこんにゃくの皿がある。

『〈八百春〉の、お滝たちが入ることになっている座敷近くの納戸に潜むことになりました』

亥之吉が『治作店』に現れて丹次に知らせたのは、今朝早くだった。

思いもよらず、恰好の場所である。

それには、北町奉行所の同心、柏木八右衛門から『八百春』へ、密かな働きかけがあったという。

『丑松さんの狙いを、つい柏木様に話してしまいまして』

亥之吉から打ち明けられた時、一瞬困惑したのだが、

『柏木様は、調べの一環として下っ引きを一人潜ませたいと、お滝の名は一切出さず〈八百春〉に口を利いてくださいました』

それを聞いて、丹次は胸を撫でおろしたのだった。

お滝の他に誰が現れるか分からないが、万一、あとを付けることになった時のために、この日、庄太に声を掛けて、日本橋の蕎麦屋に潜り込んだのである。

二本目の徳利が空になったころ、辺りは灯《ひ》ともし頃となっていた。

蕎麦屋の近所にある商家の多くは大戸を下ろしていたが、飲み屋や食べ物屋、それに旅籠などは軒行灯や雪洞《ぼんぼり》に灯を入れている。

「そろそろ、現れてもいい刻限ですがね」

庄太が、障子を開けた格子窓から表を眺めて呟いた。

格子窓から見える『八百春』の戸口付近は翳《かげ》っているが、人の顔を見分けられないほどではない。

どこからか、微かに三味線の音が流れ来るのと同時に、表通りの方から二丁の辻

駕籠《かご》が近づいて来て、『八百春』の前で停まった。

駕籠舁《か》きが、垂れていた簾《すだれ》を捲り上げると、前後に停められた二丁の駕籠から、お滝と要三郎がそれぞれ降りて、『八百春』の中に入っていった。

「お滝と要三郎が入ったとなると、あと三人か」

庄太が独り言のような声を出した直後、丹次が思わず窓辺から顔を引いた。

蕎麦屋の前の道を、伊勢堀の方から来た『鹿嶋屋』の手代、勢助の先導で、源右衛門と弥吾兵衛が悠然と通り過ぎ、『八百春』の中に消えた。

「なるほど、『鹿嶋屋』の連中か。兄ィ、これで揃いましたね」

『八百春』の方に眼を遣ったまま呟いた庄太の声に、

「あぁ」

と、丹次は低い声で応えた。

『八百春』の表の四つ辻近辺はすっかり暮れている。

その分、道端で灯る雪洞や小商いの店先、料理屋の二階の座敷から零《こぼ》れる明かりが通りを眩《まばゆ》く照らしていた。

丹次と庄太は、蕎麦屋で徳利の酒を酌み交わしながら『八百春』の表を見ている。

お滝たちが『八百春』に入ってから、半刻ほどが経った。

集まった座敷でなにが話されているのかは分からないが、飲み食いは、あと半刻は続くものと思われる。

「酒をもう一本と、漬物を頼むよ」

丹次が、空いた器を下げに来た小女に頼むと、

「はぁい」

と、甲高い声を上げて板場の方へ立ち去った。

「兄ィ」

緊迫した声を出して、庄太が『八百春』の方を指さした。

『八百春』から飛び出した二人の若い衆が、鐘突堂新道から表通りの方へ駆けて行くのが見えた。さらに、『八百春』の土間に近い階段を、女中が慌ただしく下りて来たかと思うと、番頭らしい中年の男が、半纏《はんてん》の裾を翻して階段を駆け上がって行くのが見えた。

『八百春』の中で、なにか騒動が持ち上がっているような気配である。

飛び出して行った若い衆が戻って来て、玄関の中に大声で何事か告げると、表通りの方から辻駕籠が二丁現れて、『八百春』の前で停まった。

若い衆は表通りで客待ちをしていた辻駕籠を呼びに行ったようだ。

すると、さっき駆け上がった番頭と女中のお美津が、慌ただしく階段を下りて来て、その後ろからお滝と要三郎が、憤然とした様子で続いた。

土間に用意されていた履物に足を通したお滝は、目を吊り上げた夜叉のような形相で表に出て来ると、辻駕籠に乗り込んだ。苦虫を嚙みつぶしたような顔の要三郎も、もう一丁の駕籠に姿を消すと、二丁の辻駕籠は、四つ辻を北の方へ向かって担がれて行った。

「庄太、お滝と要三郎を付けてくれ」

心得たように頷くと、庄太はその場を離れた。

蕎麦屋の格子窓から『八百春』の表を見ている丹次の眼の前を、お滝たちの駕籠を追う庄太が、急ぎ通り過ぎた。

「お待ちどおさま」

蕎麦屋の小女が、先刻頼んだ酒と漬物を丹次の前に置いた。

「急ぎ勘定を頼むよ」

丹次がそう言うと、

「ええと、徳利三本に、漬物、干し鱈に酢味噌のこんにゃくで、五十三文（約千三百円）」

左の掌を算盤《そろばん》に見立てて右手の指を動かした小女は、あっという間に計算を終えた。

五十三文を小女の手に載せた丹次は、

「おれは、もう少しここにいさせてもらうよ」

「どうぞ、ごゆっくり」

小女は明るく言い残して、板場へと入って行った。

『八百春』でなにがあっても、これで、いつでも蕎麦屋を後に出来る。

丹次は安堵し、盃に酒を注いで、口に運んだ。

辛口の酒が、腹に沁みる。

酒の残った盃を口に近づけた時、『八百春』の表に、一丁の辻駕籠が停まるのが眼に入った。

やがて、二階から階段を下りて来た何人かの男や女が、土間の近くの板張りに一塊となった。

下足番が土間に履物を揃えると、源右衛門を先頭に、弥吾兵衛と勢助が草履に足を通し、表へと出て来た。

その後に続いて、年の行った女将らしい女や女中たちも見送りに出て来た。

源右衛門や弥吾兵衛は、お滝や要三郎の怒りを予想していたようで、表情には不快感のようなものは見受けられない。

丹次は、菅笠を被りながら、蕎麦屋の戸口近くに立った。

「お帰りですか」

小女に声を掛けられると、

「ここからちょっと、外の様子を見させてもらうよ」

そう断わって、丹次は暖簾の内から『八百春』の表を覗き見た。

駕籠に乗り込もうとした源右衛門が、ふと動きを止めて、弥吾兵衛の耳元で何事か囁《ささや》いて、駕籠の中に消えるのが見えた。

上がっていた簾を勢助が下ろすと、駕籠舁きに担ぎ上げられた駕籠は、付添いの勢助とともに、蕎麦屋の前の道を伊勢堀の方へと通り過ぎて行った。

腰を折って駕籠を見送っていた弥吾兵衛が、四つ辻を東の方へ足を向けたのを眼にすると、丹次は蕎麦屋の暖簾を割って、道へ出た。

「ありがとうございましたぁ」

相変わらず明るい小女の声が、丹次の背中に届いた。

鐘突堂新道の四つ辻を右に曲がった丹次は、十間（約十八メートル）ほど先をのんびりと行く弥吾兵衛の背中を捕えた。

四

鐘突堂新道の四つ辻から東に延びている小路は、大伝馬塩町の先にある小伝馬町の牢屋敷に至る。

前を行く弥吾兵衛は、酔いを醒《さ》ますかのように、ゆったりと歩を進めている。

先刻、駕籠に乗りかけた源右衛門が、弥吾兵衛に耳打ちをしたのを丹次は見ていた。

その直後、一人だけ別行動に移ったのは、源右衛門からなんらかの意を受けたからではないかと推量して、丹次は弥吾兵衛の行先を見極めることにしたのだ。

表通りからは奥まった道ということもあって、人通りは少ない。あまり近いと、尾行を気付かれるおそれもあり、丹次は、弥吾兵衛との間隔をこれまでよりも少し広げた。

二千五百坪は優に超す牢屋敷の西側に突き当たった弥吾兵衛は、迷うことなく右へと折れ、小伝馬町一丁目の四つ辻を左へ曲がると、まっすぐ、馬喰町の方へ向かった。

居酒屋『三六屋』のある浜町堀を渡り、旅人宿の建ち並ぶ馬喰町一丁目を通り過ぎた弥吾兵衛は、二丁目と三丁目の四つ辻を左へと曲がった。

丹次も、弥吾兵衛が曲がった方へ足を向けた。

その途端、丹次の足が止まった。

行く手に弥吾兵衛の姿がない。

前方に、四つ辻が二つある。

そのどちらかを曲がったのかもしれない。

丹次は、足音を殺してひとつ目の四つ辻へと走った。

四方の暗がりを見回すが、弥吾兵衛の姿はどこにもない。

だが、この界隈には、大いに心当たりがある。

四つ辻の東側には初音の馬場があり、その北側に隣接する橋本町四丁目には、『鹿嶋屋』と誼《よしみ》のある香具師の親分、初音の梅吉の家があった。

弥吾兵衛はおそらく、梅吉に会いに来たに違いあるまい。

さて、どうするか——四つ辻の角に立って呟いた時、人の気配を感じた。

「お前さん、『八百春』から付けていたね」

背後から、低く凄む声がした。

ゆっくりと身体を回した丹次の眼の前に、常夜灯の明かりに浮かんだ勢助の顔があった。

「『八百春』の前の店に、以前弥吾兵衛さんを付けた者がいると、うちの旦那さんがお気づきになって、わたしがあんたを付けたんだ」

勢助は表情を変えず、抑揚のない声を丹次に投げかけ、

「あんたはもしかして、丑松という男か」

と、初めて、少しだが声に力を込めた。

「だったら、どうしなさる」

丹次は腹を括《くく》って、勢助と向き合った。

すると突然、勢助の両手が伸びて、丹次は右腕と着物の身頃を摑まれた。

「狙いはなんだ」

低い声で言い、勢助は摑んだ身頃を捻《ね》じって丹次の喉元を絞め付けに掛かった。

摑まれた右腕を振り解《ほど》こうにも、勢助の握力には凄まじいものがあり、びくともしない。

この春、八丈島から筏《いかだ》で逃げ出し、ふた月もかけて、己一人の力で荒海を乗り越えて来た丹次だから、膂力《りょりょく》には自信があったが、勢助の力ははるかに強い。

以前、『鹿嶋屋』で暴れた浅井啓順の倅、亀次郎を、勢助が俰《やわら》のような技で投げ飛ばした光景が、丹次の頭を過《よぎ》った。

このままでは、絞め殺される――そう思った丹次は、破れかぶれで勢助に向かって膝を突き出した。

「うっ」

低く呻いた途端、勢助の腕から力が抜けて、腰をくの字に折った。

丹次の膝頭が、股間に命中したようだ。

「丑松、お前、いったい何者だ」

勢助は、股間の痛みに耐えるように顔を赤くして、尚も丹次に向かって来る。

仕方なく、丹次は懐に飲んでいた匕首を引き抜いた。

「野郎っ」

摑みかかって来た勢助を、丹次は身体を躱《かわ》して避けた。

「お前、何者なんだ。力もある上に、喧嘩にも慣れてる」

両肩を大きく上下させながら、勢助は丹次を睨みつけた。

「初めて『鹿嶋屋』を訪ねた時から、おれは、要三郎を捜している者だと言い続けているがね」

匕首を構えたまま、丹次は淡々と答えた。

「お前とは、いつかケリをつける時が来そうだ」

抑揚もなく、無表情にそう言うと、勢助はくるりと向きを変え、ゆっくりと暗がりの向こうへと姿を消した。

不忍池の水面が、上野東叡山の上から届く日射しをきらきらと映している。

風はなく、水面が波立つことはないが、時々、水鳥同士が争って水面を搔《か》き乱していた。

ほんの少し前、四つ（十時頃）を知らせる東叡山の時の鐘が、池の東方から響き渡ったばかりである。

丹次は、庄太と亥之吉とともに、池の畔にある茶店の縁台に腰を掛けていた。

縁台があるのは建物の外だが、三人の頭上には日除けの簾が掛かっており、直に日を浴びる心配はない。

「お待ちどおさま」

茶店の奥から出て来たお運び女が、縁台に、茶と団子の載った皿を置いて行った。

昨夜、『八百春』に集まったお滝や要三郎、それに『鹿嶋屋』の連中がどんな様子だったかを知らせようと、四半刻前、亥之吉が丹次に会いに『治作店』に現れたのだ。

その時は折よく、昨夜から丹次の家に泊まっていた庄太もいたので、話のしやすい不忍池へと河岸を変えたのである。

「遠慮なしだよ」

そう言うと、丹次は湯呑に手を伸ばした。

「集まった五人の、細かな話し声はなかなか聞こえませんでしたよ」

亥之吉は、三人がひと口茶を飲んだところで、話を切り出した。

細かな内容は聞き取れなかったのだが、五人の部屋にお膳と酒が運び入れられてしばらくすると、お滝と要三郎が交互に発する怒りの声を聞いたという。

『縁を切るっていうのは、どういうことですかっ』

最初に大声を上げたのは要三郎だったと、亥之吉が言った。

それからほどなくして、

『布田の田舎に押しやっておいて、この先〈大坂屋〉は不要とは、なんですか。わたしら、布田で、どうやって暮らしを立てればいいんですかっ』

亥之吉が耳にした要三郎の怒りの声は、おそらく『鹿嶋屋』の源右衛門に向けられたものに違いあるまい。

「それからは、要三郎を宥《なだ》めるような弥吾兵衛の声もしてたんだが、突然お滝の金切り声がしましてね」

　亥之吉が聞いたのは、

『だから最初に言ったじゃないか。どうしてはいはいと、〈鹿嶋屋〉の言いなりになってしまったんだよ』

　要三郎を責めるお滝の声だった。

　初手は『鹿嶋屋』に向けられていたお滝の怒りは、途中から要三郎に向けられ、やがて、金輪際『鹿嶋屋』とは関わらないと叫んで、座敷の中は騒然となった。

　弥吾兵衛と勢助が止めに入ったようだが、お滝は座敷を飛び出し、それを追って要三郎も飛び出して行ったのだと、亥之吉は昨夜の『八百春』の騒ぎを語った。

　お滝と要三郎が真っ先に『八百春』から出て来たのには、そんな経緯があったのだ。

「お滝と要三郎がその後どうしたのかは、あっしには分かりませんが」

「いや、亥之吉さん、そっちの方はおれが付けましたから」

　そう口にして、庄太が小さく頷いた。

「『八百春』から駕籠に乗った二人は、神田旅籠町の旅籠に入って行きましたよ。

今朝早く、兄ィが朝餉の支度をしている間に神田まで足を延ばして確かめると、お滝と要三郎は夜が明けるとすぐに、布田に帰ると言って、旅籠を後にしてました」

庄太が亥之吉に伝えた内容は、今朝、丹次が聞いたのと同じだった。

「丑松さん、昨夜のあの連中の様子を見たり聞いたりしてると、これまできちんと組み合わされていた桶の箍《たが》が、今にも外れて、バラバラに壊れそうな危うさを感じるんですがね」

犯罪の裏側を探る目明しの下っ引きらしく、亥之吉は重苦しい眼差しを池の方に向けた。

「庄太、すまねぇが、今日、これから布田に行って、この後お滝と要三郎がどう立ち回るのか、二、三日様子を見て来てくれねぇか。浅草奥山のおかねさんには、おれが知らせて、詫びを入れておくから」

丹次がそう言うと、

「ひとつ、よろしく」

庄太は、軽く頭を下げた。

七夕から二日が過ぎた、七月九日である。

亥之吉や庄太と、不忍池の畔で話し合いをしてから二日が経っている。

湯島切通町の『治作店』の路地に七輪を置いて、丹次は火を熾したばかりである。

今日は朝から献残屋『三増屋』の仕事を二つこなすと、八つ半（三時頃）には『治作店』に戻った。

久しぶりに夕餉の支度をする気になって、『三増屋』からの帰り道、豆腐や茄子、鰯《いわし》を二尾、買い求めている。

丹次が、七輪に網を載せ、鰯を焼こうとしたところ、

「丑松さん」

木戸の方から声を掛けた亥之吉が、会釈をしながらやって来た。

「ほう、夕餉の支度ですか」

亥之吉は感心したように、丹次が手にした皿の鰯を見た。

「なにごとだね」

「柏木様が湯島天神に来ておいでなんですが、出られますかね」

亥之吉は、鰯を焼く寸前だった丹次を気遣うように窺った。

「なぁに、急ぐことはないし、帰ってから焼くことにするさ」

そう言って丹次は家の土間に入り、猫も上りにくい棚の上に鰯の皿を載せると、七輪を土間の竈の前に運び入れた。


湯島天神は本郷の台地の東斜面に建っており、午後は他所よりも早く日が翳る。

亥之吉とともに天神社に足を踏み入れると、境内の石燈籠《いしどうろう》に凭《もた》れて、西日に輝く下谷方面を眺めている柏木八右衛門の姿が眼に飛び込んだ。

足音に気付いたのか、八右衛門は丹次と亥之吉の方に首を回した。

「わざわざ、すまねぇな」

「いえ」

丹次は、八右衛門に軽く手を振った。

「どうも、やられてしまったよ」

ぞんざいな物言いをして背中を向けた八右衛門は、頭の後ろを手で軽くぽんぽんと叩いた。

「先だって、御林奉行手代をしている幼馴染がいると話したことがあったろう」

「はい」

丹次は、背中を向けている八右衛門に、返事をした。

その時、八右衛門は、信濃国へ行く幼馴染の御林奉行手代に、飯沼藩領にある『鹿嶋屋』の薬園を検分するよう頼んだと言っていた。

「その幼馴染から早飛脚が届いたのだが、『鹿嶋屋』の薬園に不審な点はないと認《したた》めてあった」

八右衛門の声音に、取り立てて落胆したような響きはなく、

「さようで」

丹次は、当たり障りのない返答をした。

「だがな、市瀬《いちせ》升太郎《ますたろう》というその幼馴染からの文の中に、気になる文言があったのよ」

そこまで口にした八右衛門は、

「つまりな」

声を低めると、市瀬升太郎からの文の内容について、話を続けた。

飯沼藩領に着いた翌日、市瀬は、植林の有り様を見ようと、飯沼藩の山奉行や郡《こおり》

奉行などの案内で、何か所か、山の奥深いところに分け入ったという。

その途中、山火事の跡を見たことを文に記していた。

その場所は、人が分け入るには難儀な山中の谷底で、五反ほどの耕作地に植えられていた草木や近くの灌木《かんぼく》が黒焦げになっていた。火事は市瀬が飯沼藩領に着く前日のことだったという。

「市瀬升太郎の文を読んで、おれは、火事のあったその場所こそ、『鹿嶋屋』が作った隠し薬園だと確信したよ」

八右衛門は、そう決めつけたが、

「それが灰になってしまっては、ただの推測としか言えぬ」

と、無念そうに吐き出した。

「これも推測に過ぎんが」

そう断わって、八右衛門は事の経緯を話し始めた。

薬種問屋『鹿嶋屋』は、飯沼藩青山家の藩医だった浅井啓順に薬の便宜を図る一方、外に洩れては困る江戸屋敷の恥部や、藩主の家族の秘事、家臣の不行跡を聞き出すと、それをちらつかせて、信濃国の領内にご禁制の薬草を密かに栽培する隠し薬園を作ることを青山家に承知させたのではないかというのが、八右衛門の見方だった。

おそらく、一時、三者の関わりは持ちつ持たれつの、都合の良い間合いが取れていたのだろうが、弱みを握り、じわじわと真綿で首を絞めるように頼みごとを突き付けて来る『鹿嶋屋』の存在が、青山家には耐え難いほどになっていたと思われる。

そこで、お家の秘事を洩らしていた浅井啓順を殺させ、隠し薬園に火を付けて、『鹿嶋屋』との関わりを示すものを消した。

「『鹿嶋屋』が領内に設けた薬園で、ご禁制の薬草が栽培されていたと公儀に知れれば、お家お取り潰しの憂き目に遭う恐れもあり、青山家にすれば、背に腹は代えられない決断だったろうよ」

八右衛門が口にしたひとつひとつが、丹次の腑に落ちた。

「ですが、一連のそのことに、布田の『大坂屋』はどう関わっているんでございましょう」

亥之吉が、恐る恐る八右衛門に尋ねた。

「信濃の飯沼藩から甲州街道を運ばれて来た薬草は、布田の『大坂屋』で、ご禁制の薬草と真っ当な薬草に仕分けられて、日本橋の『鹿嶋屋』の蔵に運び入れられていたのだろうよ」

八右衛門の推測は明確だった。

車曳きの久助は、そのことを知って『鹿嶋屋』を強請ったために、殺されたのだ。

「柏木様、板橋の博徒、女男の松の助五郎は、今でも青山家の抱え屋敷に匿われているとお思いですか」

「多分、匿われていただろう」

八右衛門は、丹次の問いかけに、そう答えた。

「今は、どこにいるとお思いですか」

「さぁね。ただ、信濃にいる市瀬升太郎からの文に、山火事のあった谷間から、黒焦げになった死体がひとつ出たらしいと記されていた。それが、男か女か、若いのかどうかの見分けもつかないようだ」

まるで他人事《ひとごと》のような物言いをした八右衛門だが、言外に、黒焦げの死体は助五郎だと匂わせている。

喜三郎や啓順の惨殺の真相に迫る柏木八右衛門の存在に、危機感を募らせた『鹿嶋屋』も青山家も、保身のために、己の邪魔になるものを急ぎ切り離し、身軽になろうと躍起になっているようだ。

「あ、親分」

亥之吉が、一方に眼を向けて呟いた。

境内に現れた九蔵は、

「柏木様」

と、八右衛門を、丹次と亥之吉から離れたところに誘うと、耳元で何ごとか囁いた。

聞いていた八右衛門の表情が俄《にわか》に引き締まると、

「丑松、おれたちはこれで」

と、声を掛けて、九蔵と亥之吉を引き連れて境内から足早に去って行った。

五

『治作店』は夕日の色に染まっている。

ほんの少し前に湯島天神から戻った丹次は、夕餉の支度に取り掛かった。

家の中に取り込んでいた七輪の火は消えていたが、黒い炭になった薪からは熱気が湧き上がっている。

七輪を路地に運び出した丹次が団扇で煽ぐと、炭に火の気が蘇り、やがて、ぼっと炎が立った。

火の点いた七輪の炭の半分を家の中の竈に移して、細い薪を二、三本突っ込むと、水を満たしていた鉄瓶を掛けた。

焚口《たきぐち》の中で、ちりちりと爆《は》ぜる音がして、薪に火が点いた。

路地に流れる白い煙が、途端に赤く染まる夕暮れ時を、嬉しいと思うのはどうしてだろう。

「えへへ、夕餉の支度ですか」

外で声を出しながら、笑顔で土間に入って来た庄太が、

「たった今、布田から戻って来ました」

と、顔から笑みを消した。

「そりゃ、ご苦労だった。ま、掛けな」

丹次に促された庄太は、土間の框に腰を掛けた。

「それで、布田の方は」

「要三郎は、飛脚の『大坂屋』の看板を下ろしましたよ」

庄太の知らせは、それほど意外ではなかった。

『八百春』の座敷に集まったお滝や要三郎と『鹿嶋屋』の連中のやりとりを盗み聞きしていた亥之吉の話から、早晩、そうなることは予想出来ていた。

要三郎の飛脚稼業は、ほとんど『鹿嶋屋』の薬草運びで成り立っていたはずだ。

「要三郎の野郎、お滝にも見限られたようですぜ」

庄太が、片方の口の端を歪めて、小さくへへっと笑い声を上げた。

「お滝は、布田を引き払って、江戸に戻る腹のようです」

「旅籠があるだろう。『布袋屋』が」

「その旅籠は、土地の博徒の、地蔵の嘉平治に売りつけようとしてるようです」

「ほう」

丹次は、以前、庄太と行った布田の賭場で、胴元の嘉平治と馴れ合ったようなお滝の姿を思い出した。

「今じゃ、要三郎に取って代わって、『布袋屋』には嘉平治が入り浸ってるようで、布田宿じゃ、地蔵の親分は、布袋様の色気で骨抜きにされたなんて噂が飛んでますよ」

庄太の話に、丹次はただ、苦笑いを浮かべるしかなかった。

「しかし、お滝って女は男癖が悪いというのか、てめぇの欲の為に男を手玉に取るぐらいなんとも思ってねぇようで、恐ろしいね」

庄太の意見には、ただ、ため息が出た。

お滝という恐ろしい女が、兄である佐市郎の嫁になったことが、実家の『武蔵屋』が凋落する始まりだったのだ。

「どこかで飲んでもいいが、おかねさんが待ちかねてるだろうから、このまま帰んな」

そう言って、丹次は庄太の手に一朱（約六千三百円）を握らせた。

「行く時もらったのが残ってますよ」

庄太が一朱を差し出したが、丹次は笑って突き返した。

「それじゃ、遠慮なく」

小さく頭を下げると、庄太は路地へと飛び出した。

「おかねさんによろしくな」

路地に向かって声を掛けると、

「へぇい」

庄太が声を張り上げた。

と、その直後、

「あ、お杉さんじゃありませんか」

庄太の素っ頓狂な声が届いた。

丹次が急ぎ路地に出ると、

「兄ィは、今、家ん中で湯なんか沸かしてました」

木戸の向こうから、庄太の声がした。

しかし、お杉がわざわざ丹次を訪ねるなど、滅多にないことだった。

『治作店』の木戸を見ていた丹次が、思わず眼を丸くした。

木戸から入って来たお杉のすぐ後ろには、小春が付き従っていたのである。

丹次の家の中は、夕焼けの色に染まっていた。

茶を淹《い》れた小春が、丹次とお杉の前に湯呑を置くと、自分の湯呑を手にしてお杉の横で膝を揃えた。

二人を家に上げた丹次は、自分で茶の用意をしようとしたのだが、小春が淹れると言って聞かず、ついに任せてしまったのだ。

「一刻半（約三時間）ばかり前に、いきなり小春が家を訪ねてくれたんだよ」

ついさっき、丹次の家に上がるなり、お杉が切り出した。

お杉からの文が岩槻に届いて、住まいも分かったからには、一度会いに行ってはどうかと、佐市郎に勧められて来たのだと、小春は打ち明けた。

刷り絵を届けに来たわけでもなく、お杉に会うためにわざわざ来たのだとも口にした。

「佐市郎旦那は、わたしやお美津、亥之吉やおたえたちが達者にしていることを、大層喜んでおいでらしいよ」

お杉が丹次に笑いかけた。

「佐市郎様は、丑松さんのことは思い出せないようですが、お杉さんの手足になって行方を捜しまわったとお知りになって、お礼を言って来てほしいとも頼まれたものですから」

「それでね、丑松さんがいるかどうかは分からないけど、『治作店』にお連れしたんだよ」

お杉が、さっきから敢えてぞんざいな物言いをしているのは、丑松が佐市郎の弟の丹次だと小春に悟られないようにとの用心だった。

「今夜は、いつも通り下谷の『佐野屋』さんに泊まりますので」

小春は、上野広小路の三橋近くにある旅籠の名を口にした。

「小春さんに、つかぬことをお尋ねしますが」

丹次がお伺いを立てると、

「なにか」

と、小春が湯呑を板張りに置いた。

「以前、お杉さんから聞いたんですが、本郷にある『武蔵屋』の菩提寺の墓に、時々花を供える女がいるということでしたが」

「そうそう、それは誰かって、お寺さんに尋ねたことがあったんだよ」

お杉が、自分の膝を手で打った。

「ああ、それは、わたしだと思います」

小春が笑みを浮かべた。

そして、『武蔵屋』の墓に花を手向《たむ》けるのは、佐市郎に頼まれていたことで、ひと月に一度、絵を届けに江戸に来る度に菩提寺にも寄っていたのだと言った。

「あぁ、それで得心が行きましたよ」

そう言ったお杉に顔を向けられて、丹次は小さく頷いてみせた。


丹次は、小春と連れ立って、水面にまだ赤みの残った不忍池の畔を三橋の方へ向かっている。

お杉と小春が湯島切通町の『治作店』を辞去する際、

「わたしはこのまま住吉町に戻るから、済まないけど丑松さん、小春を宿まで送ってくれないか」

お杉に言われて、丹次は承知した。

「お杉さんは、いずれ佐市郎旦那を江戸に迎えると、いつも口にしてますよ」

「文にもそう書いてありました。読んで聞かせると、佐市郎様は、嬉しそうな顔をなすって」

そこまで口にして、小春は微笑んだ。

「佐市郎様は、丑松さんという名に覚えがないと、申し訳なさそうな顔をなさってましたよ」

「気になさらないようお伝えください。わたしは、下働きの弥平《やへい》さんの傍で、車曳きやらなんやら、外を回る仕事ばかりでしたから」

「そうでしたか」

池の畔を歩く二人の頭上を、数羽の烏《からす》が、啼《な》きながら上野東叡山の木立の方へ飛んで行った。

「佐市郎様には、丹次さんという弟さんがいらしたそうです」

突然、小春が口を開いた。

「わたしが奉公に上がった時には、『武蔵屋』さんを出られていたそうですけど、丑松さん、弟さんとお会いになったことは」

「いえ」

丹次の声が、思わず掠れた。

「その弟さんには、世間を憚《はばか》るような事情がおありで、遠いところに行っておいでだそうです。それで、何年も会っていないのだと、お寂しそうでした」

丹次は黙って歩いた。

「会いたいなと、この前、ポツンと口になさいました」

小春の声に、丹次はなにも応えられない。

だが、胸の内で一言、『おれもだ』と呟くと、東叡山の塒《ねぐら》に帰り着いたらしい烏が、一声かぁと啼いた。

第四話　兄弟

一

空を七分ほど覆った雲の流れが速い。

稲光は見えないが、頭上から、微かな雷鳴がしきりと響いている。

灰色がかった雲だが、今すぐ降り出しそうな気配はない。

着物の裾をからげて尻《しり》っ端折《ぱしょ》りにした丹次は、甲州街道を西へ向かっている。

丹次の住まう湯島切通町の『治作店』を、江戸に来たという小春を伴ったお杉が訪ねて来てから、三日が経っていた。

昨夜、内藤新宿の追分近くに泊まった丹次は、今朝はのんびりと朝餉を摂ってから、布田へと足を向けたのである。

飛脚屋『大坂屋』を営んでいた要三郎が、江戸の薬種問屋『鹿嶋屋』からの受注が断たれて以降、店の看板を下ろしたという知らせは、布田の様子を見に行っていた庄太から聞いていた。

その要三郎の情婦であるお滝は、己の持ち物である布田の旅籠『布袋屋』を売り払って、江戸に舞い戻ろうと画策しているらしいとも耳にした。

お滝と要三郎がこの先どうなろうと構わないが、丹次の気懸《きがか》りは、旅籠『布袋屋』の台所女中として奉公していたお鶴《つる》のことだった。

お鶴は、流刑地の八丈島で知り合った甚八《じんぱち》という、久《く》が山《やま》で猟師をしていた男の娘である。

丹次は島抜けをして江戸に戻った後、用事で八王子に行ったことがある。その帰り、八丈島で甚八が話をしていた家族のことを思い出し、久が山に残された女房と倅と娘の様子を見に行った。その時、土地の百姓から、お鶴が布田の旅籠『布袋屋』に奉公に出ていると聞いて、会いに行った。

甚八が島送りとなった時、四つだったお鶴は、十四になっていた。

「ご赦免で八丈島から離れる時、甚八に頼まれた」と嘘をついて、お鶴の手に一分(約二万五千円)を握らせたのが、五月のことだった。

その翌月、お滝と要三郎が布田にいるらしいと知った丹次は、再度、旅籠『布袋屋』を訪ねてお鶴と会っている。

そのお鶴が、『布袋屋』という奉公先を失ったらどうするのかが気になったこともあり、布田へと足を向けたのである。


布田の宿場は、布田五ヶ宿と称されて、国領、下布田、上布田、下石原、上石原から成っている。

旅籠『布袋屋』は、下布田の『大坂屋』からほど近い、上布田にある。

日が真上に昇ったころ、丹次は上布田に着いた。

『布袋屋』の建物は以前と同じ場所にあったが、表の様子が変わっていた。

前は、岡場所の安い妓楼のような、けばけばしい色の提灯が下がっていたのだが、それが取り払われている。

丹次は、建物の裏手にある台所に回った。

戸の開け放たれた台所の中は、しんとして、女中たちが立ち働く気配はなかった。

「ごめんよ」

菅笠を取って、外から台所の中に顔を入れて声を掛けたが、やはり、人の姿はない。

旅籠の台所が忙しいのは、朝餉の支度をする早朝と、夕餉の支度をする夕方だから、昼は、女中たちにはのんびり出来る時分なのだろう。

「あの」

背中から女の声がした。

丹次が身体を回すと、

「丑松さん」

と、青物を載せた笊《ざる》を手にしたお鶴が相好を崩した。

「旅人からの噂で、『布袋屋』が人手に渡るらしいなどと聞いたから、八王子に行った帰りに立ち寄ってみたんだよ」

「あぁ」

お鶴は得心したように、大きく頷いた。

そして、女将のお滝は、『布袋屋』を博徒である地蔵の嘉平治に売って、江戸に引き上げて行ったと教えてくれた。

「それじゃ、お鶴ちゃんはそのまま奉公出来るんだね」

「はい」

明るい声を出して、お鶴は頷いた。

「奉公する番頭さんも女中さんもほとんど同じだし、新しい女将さんは優しいから、前よりも楽しく仕事をしています」

晴れやかなお鶴の様子に安堵して、丹次は何度も頷いた。そして、

「それで『布袋屋』の女将さんと親しかった『大坂屋』の旦那はどうしておいでかね」

さりげなく水を向けた。

「『大坂屋』さんは、大変なことになっているそうです」

声を低めたお鶴が言うには、奉公人や人足たちに払う手間賃などが滞っていて、要三郎はその対応に追われて右往左往しているらしい。

もはや賃金は取れないと踏んだ奉公人たちは、要三郎の家財道具や布団、店で使

っていた荷車から蔵の中の道具や薬草に至るまで持ち出して、銭金に換えているというのだ。

「ともかく、お鶴ちゃんに変わりがないのは何よりだった。これで安心して江戸に帰れるよ」

そう言うと、丹次は、いつかまた立ち寄るとも口にして、『布袋屋』の裏手を後にした。

上布田から甲州街道を東へ向かった丹次は、下布田に差し掛かっていた。

すると、行く手から、怒号のようなものが聞こえて来る。

被っていた菅笠を指で軽く持ち上げて前方を見ると、飛脚屋『大坂屋』の前に集まった七、八人の百姓や町人が、鍬《くわ》や棒切れを手に怒声を発していた。

『大坂屋』は大戸が下り、仰々しく掛けられていた看板も外されている。

「因業金貸しめ、出て来い！」

「牛を返せ！」

押し掛けた男たちは、大声を上げながら、大戸を叩いたり、足で蹴ったりしている。

街道を往来する者の中には、足を止める者もいるが、大方は先を急いで通り過ぎた。

丹次は、『大坂屋』の向かい側の、幾つもの草鞋《わらじ》をぶらさげた小店の脇で足を止めた。

「この前から、『大坂屋』の阿漕《あこぎ》な取り立てに泣いていた連中が押し掛けているのさ」

丹次の横に並んで立った老婆が、顎を動かして『大坂屋』の方を指した。

「痛い目に遭って、『大坂屋』から泣きながら出て来る連中を前々から見てたから、いつかはこんな目に遭うと思ってたよ」

「婆さん、ここの草鞋屋か」

「うん、そうだ。なんだよ、あんたは、草履かぁ」

老婆は、丹次の足元を見ると、芝居じみたような舌打ちをしてみせた。

「『大坂屋』にはこれまで、地蔵の嘉平治って博打打ちの後ろ盾があったんだがよ、その地蔵さんに背を向けられたもんだから、泣き寝入りしてた連中はもう、怖いものなしで、鬱憤《うつぷん》を晴らしに来るんだよ。ほら」

老婆が顎で指すと同時に、押し掛けた連中の鍬や棒切れが『大坂屋』の大戸に打ち込まれ始めた。

大戸にはあっという間に穴が開き、その穴は更に大きく広げられ、押し掛けた連中が、破れ戸《やど》から我先にと家の中に押し入った。

家の中から、怒鳴り声とともになにかが壊される音も入り交じって聞こえ、やがて、破れ戸の向こうから、着物の裾が大きく捲れた要三郎が、転がるようにして街道へと飛び出して来た。

その後から、押し掛けた連中が鍬や棒切れを振り上げ要三郎を追って来る。

その怒号のような喚声に、要三郎は目を吊り上げて逃げ惑い、躓《つまず》いて路上に転がった。

要三郎の傍に駆け寄って、鍬や棒切れを振り上げた連中の動きが、突然、ぴくりと止まった。

「あ、地蔵の親分が来たよ」

草鞋売りの老婆が、丹次の横で忌々しげに呟いた。

上布田の方から、子分三人を従えてやって来た地蔵の嘉平治に気付いて、要三郎に襲い掛かろうとした男たちは凍りついたように固まっている。

「親分、いいところへ来てくれた。わたしをどうか、助けてくださいっ」

路上に這いつくばったまま、要三郎は嘉平治に片手を差し伸べた。

鍬などを振り上げた連中をじろりと見た嘉平治は、

「そのくらい、てめぇで凌《しの》ぎな」

冷ややかに投げ掛けて歩き出した。

「待ってくれ」

叫んだ要三郎が、嘉平治の足首を片手で摑むと、

「あんた、お滝の色香に誑《たぶら》かされて『布袋屋』を買い取ったんだろう！」

「うるせっ」

嘉平治は、足首を摑んだ要三郎の腕を蹴って離すと、大股で国領の方へ歩き去った。

「ちきしょう」

路上で仰向けになった要三郎の口から、呻くような声が洩れた。

嘉平治と要三郎の様子を、動きを止めて見ていた連中は、気勢を削がれたかのように、振り上げていた鍬や棒切れを下ろした。

そして、三々五々、街道の東西に散った。

草鞋売りの小店を後にした丹次は、砂にまみれたまま仰向けになった要三郎の脇をすりぬけて、内藤新宿の方へと向かった。


岸辺に並んだ柳の木が、川風にゆらりと靡《なび》いている。

日本橋を南北に流れる楓川の西岸を、丹次と亥之吉は急いでいた。

既に昇った朝日が左手の方から照り付けているが、水面を吹き抜ける川風のお蔭で、暑さはだいぶ凌げる。

昨日、布田に行っていた丹次は、昨夜、日が暮れてから湯島切通町の『治作店』に帰り着いた。

布田から一気に歩き通したせいか、寝酒が疲れに効いたようで、朝までぐっすりと眠った。

日の出前にぱっちりと目覚め、『治作店』の井戸端で鉢合わせした春山武左衛門と共に顔を洗っている時、亥之吉がやって来たのだ。

『初音の梅吉と、子分の丈八《じょうはち》が、川に浮かんでたよ』

亥之吉は、武左衛門に聞こえないよう、丹次の耳元で囁いた。

急ぎ洗面を済ませた丹次は、亥之吉と共に『治作店』を後にしたのである。

二人の死体が浮かんでいたのは、楓川が八丁堀と交わる辺りだと亥之吉は言い、丹次の先に立った。

楓川に架かる松幡《まつはた》橋の袂を過ぎると、弾正橋の辺りに人だかりがしているのが見えた。

楓川の一番南端にあり、日本橋の本材木町八丁目と本八丁堀一丁目を繋いでいるのが、弾正橋である。

亥之吉によれば、弾正橋近くに浮かんでいた死体を見つけたのは、京橋川の河岸に荷を運ぶ船頭だった。

橋の袂近くには野次馬が押し掛けており、それを、町役人や捕り手たちが押し戻している。

「御用の者です」

野次馬を掻き分けた亥之吉が十手を見せると、捕り手の一人が道を空けて通してくれた。

船頭や船人足らしい男から話を聞いている奉行所の同心の姿があり、九蔵ら目明したちから報告を受けている柏木八右衛門の姿も見受けられた。

「丑松さんを連れて来ました」

近づいた亥之吉が声を掛けると、九蔵と共に八右衛門も顔を向けた。

「お前、梅吉とはなにかと因縁があったろう。顔を確かめるか」

八右衛門の問いかけに、丹次は迷うことなく、

「はい」

と、頷いた。

丹次は、八右衛門や九蔵、亥之吉の後について、弾正橋を東へと渡った。

八右衛門たちが向かったのは、本八丁堀河岸である。

先に立った亥之吉が、棟割の長屋のように連なった障子戸のひとつを開けて、八右衛門と九蔵、そして、丹次を中に入れてから、最後に入った。

入ってすぐの六畳ほどの土間に、筵《むしろ》を掛けられた二つの死体が、膝から下を覗かせて横たわっている。

空き家らしく、死体の他にはなにもなかった。

「亥之吉」

九蔵に促されて、亥之吉が二つの死体に掛けられた筵を捲った。

「少なくとも、二、三日は水に浸かっていたから、顔付は変わってるだろうが、どうだ」

八右衛門はそう口にしたが、丹次はすぐに見分けがつき、

「たしかに、梅吉です」

幾分膨らんだように見える梅吉の死に顔の横にしゃがむと、その向こうに横たわる若い男の死に顔に眼を転じた。

「名は知りませんが、見かけたことがあります」

丹次が言うと、

「丈八って子分だ」

九蔵が教えてくれた。

顎の尖った細身の子分の顔を、丹次は何度か見かけた覚えがある。

「梅吉と丈八は、三、四日前から姿が見えなくなって、梅吉の子分たちが血眼になって捜し回っていたんだよ」

八右衛門が言うと、

「ほら、この前、丑松さんを湯島天神に案内した時、うちの親分が現れて、柏木様に耳打ちしたのは、そのことだったんですよ」

亥之吉が、仔細を説明した。

「そうしたら、今朝早く、二人が川に浮かんでいるのが見つかったわけだ」

ため息交じりで呟くと、八右衛門は土間の框に腰を掛けた。

「二人は、殺されたので？」

丹次は、遠慮がちに問いかけた。

「それがよ、身体のどこにも刺し傷も切り傷もなく、なにかで叩かれたりした痕もないんだ」

「それで、酒に酔って川に落ちて死んだんじゃねぇかと言う者もいるくらいだ」

九蔵が、八右衛門の言葉の後に言い添えた。

「しかし、初音の親分と子分が、揃って溺れ死にというのも、妙な話でね」

そう言うと、八右衛門は首の後ろを、軽く十手で叩いた。

丹次は、もう一度、横たわった梅吉に眼を向けた。

少し開いた口が、なにか言いたそうに見えた。

二

日本橋、大丸新道を通って、浜町堀の西緑河岸に出た丹次は、汐見橋の袂で足を止めた。

ほんの少し前に五つ（八時頃）を知らせる鐘が鳴った時分で、堀の両岸に家の明かりは殆どないが、それほど暗くはない。

川面に映った満月に近い月を千々に乱して、川船が一艘、大川の方へ向かって行った。

その船が向かった方に眼を遣ると、ひとつ下流に架かる千鳥橋の袂にある居酒屋『三六屋』から明かりが洩れていた。

女主のお七が、最近別れたばかりの情夫、梅吉の死を知っているのか、まだ知らずにいるのかが気になり、思い切って足を向けたのである。

丹次は、千鳥橋の袂から、『三六屋』の表へと回り込んだ。

戸口の脇の掛け行灯には火が入っており、中の明かりを透かしている障子の向こうから、酔客の話し声や笑い声がしている。

お七は、梅吉の死を知らないのだろうか。

どんな顔をすればいいのかと、丹次はふと、店に入るのに躊躇《ためら》いが出た。

「ほら、もっと飲みな」

店の中から、酔って囃《はや》し立てる男の声に誘われでもしたように、丹次は戸を開けた。

「あら、いらっしゃぁい」

土間に足を踏み入れた途端、職人らしい三人の客と車座になって飲んでいたお七から、明るい声が飛んで来た。

「空いたところへどうぞ」

声を向けたお七に軽く会釈をして、丹次は土間から板張りへ上がった。

「邪魔するよ」

丹次は、酒よりも食べる方に没頭している、二人連れの中間《ちゅうげん》の近くに腰を下ろした。

「なんにしましょう」

職人たちの車座から立ち上がったお七が、丹次の近くに立った。

「酒を冷やで二本と、漬物を」

「はい」

お七は返事をして、土間の下駄を履いて、少しふらつく足取りで板場へと入って行った。

「なぁに、大丈夫よぉ」

板場から、笑いの交じったお七の声がした。

老板前の久兵衛に、なにか言われたのかもしれない。

板張りの奥の方にいた遊び人風の男三人が立ち上がった。

「勘定はここに置くよ」

遊び人風の男が声を上げると、三人揃って土間に下りた。

「ありがとう存じましたぁ」

板場から出て来て男たちを陽気に送り出すと、お七はすぐに板張りに上がり、

「お待たせしました」

と、お盆に載っていた徳利と漬物を丹次の前に置いた。

「空いた器を下げますんで、そしたらお酒のお相手を」

囁くように丹次に耳打ちすると、お七は、今出て行った男たちが飲み食いしていた場所に行って、お盆に皿や小鉢を重ね始めた。

丹次は、手酌した酒を口に運ぶ。

一気に飲み干して、もう一杯注ごうとした時、お盆を手に立ち上がったお七の身体が、ぐらりと傾くのを、丹次は眼の端で捉えた。

すぐに、ガシャンと器が音を立てて板張りに転がり、お七は辛うじて職人の背中に手を突いて踏ん張っていた。

「手を」

駆け寄った丹次がお七の腰に片手を回して支え、手を取って体勢を立て直したうえで、ゆっくりとその場に座らせた。

すると、板場から久兵衛が飛び出してきて、

「女将がこんな有様ですから、今日の勘定はこの次のこととして、申し訳ありませんが、今夜はお引き取りを願いたいんですが」

残っている客たちに、深々と腰を折った。

「うん、女将がこれじゃしょうがねぇな」

「調子に乗って飲ましたのが悪かったか」

客たちから不満の声はなく、むしろ気遣いを見せて腰を上げた。

「またいつ来れるかしれねぇから」

と、金を置いて行く客もいる。

「ありがとう存じました」

久兵衛は、最後の客を送り出すと、戸を閉めて、心張棒《しんばりぼう》を掛けた。

「わたしもこれで」

丹次も腰を上げると、

「徳利の酒、ほとんど残ってるんじゃありませんか」

板張りに横座りしていたお七が、とろんとした口調で声を掛けた。

そして、

「飲み切ってから、帰ればいいじゃありませんか」

とも言う。

「そうなすってください」

幅の広い、底の浅い蓋無しの木箱を抱えて板場から戻って来た久兵衛にまで勧められて、丹次は腰を下ろした。

久兵衛は、板張りに残っていた徳利や器の類一切を木箱に入れると、板場へと運んで行った。

するとすぐに、水を使う音が板場から届いた。

「今夜は、飲み過ぎたようだね」

近くでぐったりと横座りしているお七を見て、丹次は盃を口に運んだ。

「今夜は、お弔いでして」

そう口にしたお七が、ふふと、小さく笑った。

「梅吉親分のことだね」

「丑松さん、あんた」

お七が、丹次に向いて顔を上げた。

「おれの知り合いの下っ引きに連れられて、今朝、弾正橋に行ったんだ」

丹次がそう言うと、お七が、這うようにして丹次の傍に近づいた。

「子分と二人、土間に寝かされていた梅吉親分の死に顔を拝んだよ」

「そう」

お七は、はぁと息を吐くと、

「酒に酔って、川に落ちたって？　ふん、いくら酒飲みの梅吉でも、溺れて死ぬような間抜けじゃあないよ。変だよ。丈八も付いていたのに、変だよ」

怒ったような口ぶりで言い、がくりと前に首を折った。

いつの間にか、板場から水の音が消えていた。

「お七さん、あたしはこれで引き上げますんで」

板場から顔を出した久兵衛が、軽く会釈をして引っ込んだ。

「お疲れ様」

そう口にした途端、お七はその場にごろりと横になった。

久兵衛は、板場の勝手口から裏手に出たのだろう。ことりと、戸の閉まる音が聞こえた。

「お七さん、寝るのなら、二階に上がるのを手伝いますよ」

丹次は、片手を伸ばしてお七の肩を揺すった。

お七は、膝を立てて両手を突くと、ゆっくりと立った。

ふらつくお七の身体を支えて丹次が先に土間の草履を履くと、お七の足を取って下駄を履かせ、板張りの向かい側にある階段下へと土間を歩いて渡らせた。

丹次は、お七の片腕を自分の肩に乗せると、腰に手を回して、一歩ずつ階段を上がった。

下の明かりが隙間から洩れて、思ったより広い二階の部屋の様子が窺えた。

一旦、薄縁の敷かれた板張りにお七を寝かせて、片隅に積んであった布団を伸べた。

布団に移そうと腋の下に手を差し込むと、丹次は、両腕が巻き付けられた首ごとお七に引き寄せられた。

「あたしを、抱いておくれよ」

丹次の耳元に、お七の熱い吐息がかかった。

「お七さん、今夜は、弔いの夜ですから」

静かに返答すると、うんうんと、お七は素直に頷いた。

「下は、わたしが火を消して行きますから」

そう声を掛けたが、お七はくるりと背中を向けただけで、返事がなかった。

黙って階段を下りながら、丹次は微かに遠雷を耳にしていた。


雨に濡れた御成街道は、朝日を浴びてきらきらと輝いている。

日射しを受けて、路面からは湯気が立っている。

昨夜、『三六屋』から帰って布団に潜り込むとすぐ、雨の音が聞こえ出した。

静かな雨音を聞いているうちに寝入って、今朝は、射し込む日の光の眩しさに起こされてしまった。

「お杉が呼んでますよ」

井戸端で顔を洗っていると、鋸の目立てを生業にしているお杉の亭主、徳太郎が現れて、用件を伝えた。

湯島切通町の『治作店』にほど近い、天神石坂下の飯屋で朝餉を摂ると、丹次は御成街道を南へと急いだのである。

神田広小路から神田川北岸の火除広道に出た丹次は、和泉橋の方へと曲がった時、神田佐久間町の小路から出て来た二つの影を見て、足を止めた。

「おぉ」

声を発した人影のひとつは、同心の柏木八右衛門だった。

もうひとつの人影が、神田佐久間町に住まう目明しの九蔵だと分かり、八右衛門が現れたわけに得心が行った。

「こりゃ」

丹次は咄嗟に、二人に腰を折った。

「どこかへ急ぐのか」

「いえ。以前、『武蔵屋』で奉公していたお杉という女中頭に会いに行くところでしたが、なにか」

丹次は八右衛門を窺った。

「実はな、昨日あれから、三人の医者に来てもらって、梅吉と子分の死体を詳しく見てもらったんだよ」

八右衛門が、まるで世間話でもするような口ぶりで、神田川の岸辺に足を向けた。

「つまり、検視ってやつだよ」

八右衛門に続いた九蔵が、付け加えた。

「その検視の結果、二人とも、首の骨を折られていたよ」

八右衛門の言葉に、丹次は思わず口を開けた。

大の男二人の首を、誰がどうやって折るのかと想像しようにも、その様が眼に浮かばない。

「梅吉たちの身体に刀傷がなかったのは、首の骨を折られて川に落とされたかららしい」

「しかし、そんな力のある奴なんて」

そこまで言いかけた丹次は、後の言葉を飲み込んだ。

「なにか、心当たりでもあるのか」

八右衛門に尋ねられた丹次は、

「もしかすると、と思える野郎がおります」

そう返事をして、頷いた。

「『鹿嶋屋』の手代に、勢助という男がおります」

丹次は、以前、浅井啓順の倅の亀次郎が『鹿嶋屋』に押し掛けた際、俰《やわら》のような武術を勢助に掛けられて、地面に叩きつけられた時の様子を述べた。

「その直後、柏木様は九蔵親分や亥之吉さんと、『鹿嶋屋』の前に駆け付けられました」

「あぁ、あの時か」

八右衛門は、覚えていたらしく、頷いた。

「あの勢助の腕の力には、わたしも難儀をした覚えがございます」

丹次は、七月六日の夜のことを話し始めた。

その夜は、お滝と要三郎が、『鹿嶋屋』の主の源右衛門、番頭の弥吾兵衛、手代の勢助と料理屋『八百春』に集まった。

寄合は、半刻もすると険悪になって、お滝と要三郎が早々に『八百春』を去り、その後に出て来た源右衛門は勢助のお供でその場を去ったのだが、丹次は、一人になった弥吾兵衛をつけたのだ。

ところが、馬喰町の四つ辻を曲がったところで弥吾兵衛を見失った。

そこで丹次は、勢助に見咎められた。

「勢助は、わたしが以前から要三郎を捜し回っている丑松と知って、摑みかかって来ました」

勢助の腕の力は凄まじく、破れかぶれで繰り出した膝が相手の股間に命中して難を逃れたのだと、丹次は語った。

「なるほど」

ぽつりと口にした八右衛門は、川の流れに向かうと胸の前で腕を組んだ。

その八右衛門の肩を、葉を付けた柳の枝がさらりと撫でた。

「お前、梅吉は、その勢助に首を折られて川に投げ落とされたと思うのか」

背中を向けたまま、八右衛門がそう呟いた。

「久助殺しや浅井啓順殺しの調べをなさる柏木様に恐れを抱いた『鹿嶋屋』が、己の身を守るために、身近な者を始末しているのだと」

そこまで言葉にして、丹次は小さく頷いた。

「それに、梅吉と子分の死体が浮かんでいた場所が、ちと気になります」

「というと」

九蔵が声を上げた。

丹次は、六月になってすぐの頃、大戸を下ろした『鹿嶋屋』から帰る弥吾兵衛を付けた時のことを話し出した。

「弥吾兵衛に言いたいことがいろいろありましたんで、人けの少ないところまで後を付け、丁度、京橋川に架かる白魚橋の上で呼び止めたんです。住まいはこっちの方かと聞きましたが、返事はありませんでした」

「一度亥之吉に調べさせたが、弥吾兵衛の家は白魚橋の先、真福寺橋を渡った南八丁堀の一軒家だよ」

九蔵は言い、

「それがどうした。なにか思うところがあるなら、喋ってみろよ」

八右衛門が丹次の方に身体を向けて、強く促した。

はいと、低い声で応えた丹次は、

「七月六日、『八百春』からわたしが付けた弥吾兵衛は、あの夜、橋本町の梅吉の家に立ち寄ったんじゃないかと思います」

と、己の憶測を述べ始めた。

翌七日か翌々日の八日の夜、弥吾兵衛は自分の家に梅吉を招き入れたのではないか。

おそらく、子分の一人くらい付添うことは承知していただろう。

弥吾兵衛の家でなにが話されたかは知る由もないが、梅吉と付添いの丈八は、酒を振る舞われたに違いない。

どのくらいいたのかは分からないが、弥吾兵衛の家を後にした梅吉と丈八は、心持よく八丁堀の岸辺に差し掛かった。

「五つを過ぎるとあの辺りは、人通りも少なく、ほとんど明かりもありません。そこまで付けてきた勢助が、酒に酔った梅吉と子分の首をへし折って、堀の中に投げ込むのに大した苦労はなかったと思います」

「おれも、そんなようなことを考えてはいたよ」

丹次を見た八右衛門が、間延びしたような声を洩らし、

「だがな、そうと決めつける、確たる証がねぇ」

いかにも悔し気に、声を絞り出した。

「はい。たしかに、ただの、推測でございます」

丹次も声を絞り出し、小さく頷くしかなかった。

三

翌日は、朧月夜《おぼろづきよ》となった。

月は出ているものの、薄い雲が夜空に張り付いて、月の輪郭がぼやけている。

丹次は、十日ほど前、『八百春』の表を見張った岩附町の蕎麦屋の窓際で、蕎麦を肴に冷や酒をちびちびとやっていた。

『お杉が呼んでますよ』

『治作店』に立ち寄ったお杉の亭主、徳太郎に言われて、日本橋住吉町の『八兵衛店』に向かったのは、昨日の朝方だった。

途中、偶然会った、同心の八右衛門と目明しの九蔵と込み入った話をした後、お杉の住む『八兵衛店』に駆け付けたのだ。

「お滝の使いという者が『八百春』に来て、明日の夜、料理を食べたいからと、座敷の予約を申し入れたそうです」

お杉は、『八百春』に奉公している、『武蔵屋』の元女中のお美津が、昨日長屋に立ち寄って知らせて行ったたと言った。

町が少し翳り始めた頃、蕎麦屋に入った丹次は、四半刻ばかりして、一人で『八百春』に入って行くお滝を眼にした。それから一刻が経とうとしている。

甲州街道の布田を引き払って江戸に戻ったお滝は、ここぞとばかりに値の張る料理を口にすることに執念を燃やしているようだ。

蕎麦屋の窓から見える通りは、すっかり夜の帳《とばり》に包まれており、丹次が頼んだ二本目の徳利は、そろそろ空になりそうである。

『八百春』の表に、一丁の辻駕籠が来て、戸口の脇に下ろされるのが見えた。

駕籠舁きの一人が、戸口の中に顔を差し入れて、何ごとか声を掛けると、すぐに相棒の元に戻り、駕籠に凭《もた》れかかって客を待った。

「勘定を」

駕籠の客がお滝かどうかは分からないが、すぐに後を追える手筈を取っておいた方が安心である。

「四十四文（約千百円）になります」

お運びの女が言った額に、十文（約二百五十円）を上乗せすると、

「この前も世話になったお礼だよ」

と、丹次は女の手に握らせた。

「ありがとう存じます」

女は、相好を崩して板場の中に駆け込んで行った。

「ありがとうございました」

外から、何人かの女や男衆の声がした。

窓から外を見ると、女中や男衆たちに見送られたお滝が、辻駕籠に乗り込むところだった。

「じゃあな」

声を掛けて蕎麦屋を後にしたのと、お滝の乗った駕籠が担がれて、鐘突堂新道を表通りの方へ向かったのが、ほぼ同時だった。

丹次は、頬被りをしながら、駕籠の後に続いた。


鐘突堂新道から表通りに出たお滝の乗った駕籠は右へ曲がった。

だがすぐに、本銀町二丁目の四つ辻を左へと曲がる。

屈強な男が担いでいる駕籠にしては、思いのほかゆるゆると進んだ。

そのおかげで、丹次は酔いを醒ます態《てい》を装って後を付けることが出来る。

千代田城の堀端に突き当たった駕籠は、迷わず右へ曲がると竜閑橋を渡り、鎌倉河岸へと進んでいく。

御堀を左手にして進んだ駕籠は、鎌倉町と三河町一丁目の間を南北に貫く小路へと入って行った。

小路の入り口で足を止めた丹次がそっと奥を覗くと、格子戸の嵌《はま》った木戸門の前に駕籠が下ろされていて、丁度、駕籠舁きの手を借りたお滝が立ち上がる様子が見えた。

「ありがとう存じやす」

お滝から酒手《さかて》をもらった駕籠舁きは、礼を言うと空の駕籠を担ぎ上げた。

ゆるりと担がれて来た行きと違って、駕籠は、身を潜めている丹次の眼の前を疾《は》風《や》《て》のように駆け抜けて行った。

丹次はすぐに、小路の奥へと足を向けた。

お滝が駕籠を降りた木戸門の前で足を止める。

こぶりな平屋の一軒家である。

木戸門から飛び石を踏んで一間ほど先に、障子戸があった。

暗かった家の中に、微かに明かりが灯った。

帰ってから明かりを点けたところを見ると、お滝は一人暮らしをしているようだ。

丹次は、格子戸を開け、飛び石を静かに踏んで、障子戸の前に進んだ。

戸に手を掛けてそっと引くと、苦もなく開いた。

細めに開けた戸の間から、するりと中に身体を入れる。

そして、静かに閉めた。

明かりは、点いたばかりの頃より、心なし明るさが増している。

草履を脱いだ丹次は、土間を上がると廊下を曲がり、明かりの灯る部屋へぐいっと入り込んだ。

が、そこに人影はなく、丹次は棒立ちになった。

そこへ、少し開いた襖《ふすま》の間から、徳利と湯呑を手に持ったお滝が入って来て、びくりと立ちすくんだ。

「あんたは、何だいっ」

お滝は気丈に声を上げた。

咄嗟に飛び掛かってお滝を畳に引き倒すと、尚も声を出そうとするお滝の口に、頬被りの布で猿轡《さるぐつわ》を嚙ませ、素早く相手の帯どめを解いて後ろ手に縛り上げた。

「こっちの話が済むまで、あんたに声を出されちゃ困るんだ」

低い声を出した丹次を見たお滝が、ううと呻いて睨みつけた。

丹次は、畳に転がった徳利と湯呑を隅に移すと、倒れていたお滝の身体を起こした。

すると、お滝が、穴が開くほど丹次の顔を見た。

「布田の『布袋屋』でお眼に掛かって以来だよ」

そう言うと、猿轡を嚙まされたお滝の口から、

「あ」

と、声が洩れ出た。

「あんたは、あの時、丑松だろうと喚いていたが、おれの本当の名は、丹次っていうんだよ。どこかで聞いたことはないかねぇ。日本橋室町の乾物問屋『武蔵屋』の

当主、佐市郎の弟の名だよ」

お滝が、さらに眼を大きく見開いた。

「弟は、島流しに遭って八丈島に行ってるはずだと思っているだろうが、海には生憎、細いながらも道が通っていましてね」

穏やかな声でそう言うと、ゆっくりと諸肌を脱いだ。

胸や肩や腕に無数に残る傷痕を見て、お滝は怯えたように眉を顰めた。

「島抜けをした後、岩場に叩きつけられた時に刻まれた傷痕だよ」

お滝の喉が大きく動いて、息を呑んだ。

「兄貴の嫁になった女が、『武蔵屋』をいいようにして、親父とお袋に首を吊らせ、挙句には姿をくらましたと島で聞いて、矢も盾もたまらず、島を抜け出たんだよ。江戸に着いて方々から話を聞くと、お前さんと情夫《いろ》の要三郎は、眼の悪くなった兄貴をないがしろにして、随分と阿漕なまねをしてくれたねぇ」

淡々と口にした丹次が見つめると、お滝はすっと眼を逸らした。

「声を出さないと誓うなら、猿轡を外してやるが、どうだ」

お滝は、うんうんと小さく頷いた。

猿轡を外すなり、丹次は、懐に飲んでいた匕首を抜いて、ずぶりと畳に突き刺した。

「大声を上げたり、助けを呼んだりしたら、刺すよ」

「そのつもりで来たんじゃないのかい」

お滝は、気の強さを見せた。

「うん。だがね、あんたや要三郎の様子を見ていたら、ただの屑《くず》だった。島抜けの罪の他に、殺しの罪を重ねても悔いのないほどの値打ちのある相手じゃないと分かったんだよ。屑ってのは、そのうち腐って、やがて粉になって風に飛ばされ、どこかに消えていくから、放っておくことに決めたよ」

「ふん」

お滝は、片方の頰を吊り上げて、鼻で笑った。

突然、戸の開く音がして、どどどっと、足音が近づき、衿元をはだけた要三郎が廊下に立った。

「あ、お前、ここがよく分かった。でも、いいところに来てくれたよ」

立ち上がると、お滝は要三郎に駆け寄った。

丹次が、畳に刺した匕首を引き抜いて構えた時、

「うっ」

低い呻き声を発したお滝が、要三郎の足元に頽《くずお》れた。

要三郎の右手に、血のついた菜切り包丁が握られているのが見えた。

倒れたお滝の身体の下に、少しずつ血が広がっている。

「要三郎、お前」

辛うじて、お滝が声を洩らした。

「お前は、『鹿嶋屋』の勢助まで誑《たら》し込んでいやがったなぁ」

「なんのことだよぉ」

お滝の声は、弱々しい。

「ご丁寧に、お前がここに住んでいるのを教えてくれたのは、勢助だよ」

要三郎の声に、お滝は口と眼を大きく開けた。

「よくも、裏切りやがって」

振り上げた包丁を倒れたお滝に突き刺そうとするのを察して、丹次は咄嗟に、包丁を握っていた要三郎の腕に飛びついて、引き倒した。

迷うことなく要三郎の帯を解くと、両手を後ろで縛り上げ、先刻、お滝に使った布切れで猿轡を嚙ませた。

お滝の身体は、背中を向けて横になったまま微動だにしない。

丹次は、背中越しにお滝の口に掌をかざしてみたが、息はなかった。


通二丁目新道から夕日の色はすっかり失せて、日本橋一帯は、灯ともし頃を迎えている。

新道の馴染みになった旅籠の、二階の部屋からは、ついさっき大戸を下ろした薬種問屋『鹿嶋屋』の表が見えていた。

「ごめんください」

廊下から女の声がして、障子が開けられた。

「お客さん、本当に夕餉の支度はしなくていいんですか」

馴染みの女中が、心配そうに顔を差し入れた。

「うん、さっきも言った通り、いつ飛び出して行くかもしれないからね」

丹次が笑みを向けると、

「分かりましたぁ。なにか用があったら、いつでも呼んでくださいまし」

女中は、安堵したように頷いて、障子を閉めて立ち去った。

丹次が女中に言ったことに偽りはなかった。

昨夜、三河町の一軒家に押し込んでお滝を殺した要三郎の手を縛り上げたうえに、猿轡を嚙ませると、丹次は湯島切通町の『治作店』に戻った。

身体に付いた血の痕を流したかったが、住人が寝静まった刻限に水音を立てるのを憚って、翌朝、夜が明けるのを待って、井戸端で水を浴びたのだ。

日が高く昇り、町に活気が満ちた五つ半（九時頃）という時分、丹次は神田佐久間町の九蔵を訪ねて、三河町のお滝の家で起きた一切を、嘘偽りなく申し述べた後、通二丁目新道の旅籠の客になったのである。

誰かが、要三郎にお滝を殺せと言ったわけではないだろうが、そう仕向けたのは『鹿嶋屋』の誰かであろうと思われた。

「ご丁寧に、お前がここに住んでいるのを教えてくれたのは、勢助だよ」

お滝を一突きした後、要三郎の口から『鹿嶋屋』の手代の名が出たのを、丹次は聞いていた。

ご禁制の薬草の運送を担っていた要三郎と情婦のお滝は、『鹿嶋屋』には邪魔な存在になっていたのかもしれない。

要三郎がお滝を殺したことが今日にでも巷《ちまた》に流れたら、耳にした『鹿嶋屋』の連中はどう動くか、あるいは動かないのか、確かめようと思い立ったのだ。

ぽつりぽつりと明かりが灯り始めた頃、『鹿嶋屋』の横の小路から、人影が二つ、前後して通二丁目新道に出て来た。

先に立っているのが『鹿嶋屋』の主、源右衛門ということは、顔立ちからして分かった。風呂敷包みを胸の前に抱えて、後から続いて来たのが勢助だということを認めた丹次は、急ぎ窓辺から離れた。

四

通二丁目新道の『鹿嶋屋』を出た源右衛門は、手代の勢助を伴って楓川の西岸に出ると、北へと向かい、江戸橋を渡った。

鉛色の川面に、近隣の家々で灯っている明かりが揺れている。

丹次は、源右衛門と勢助の後に続きながら、ふと、いつかも同じ道を辿った記憶が蘇った。

『鹿嶋屋』を訪ねた丹次に居留守を使ったわけを聞こうと、六月の初め頃、源右衛門を付けたのだ。

その日、源右衛門の乗った駕籠は江戸橋を渡った後、荒布橋《あらめ》から小網町へと向かったのだが、前を行くこの日の二人も、同じ方向へと進んでいる。

そして、日本橋川に面した、小網富士と呼ばれる富士塚のある明星稲荷の前を通り過ぎると、格子戸を開けて、平屋の一軒家の中に入って行った。

格子戸の脇に、以前も見た覚えのある『端唄《はうた》　小泉豊志女《こいずみとよしめ》』と書かれた小さな木札が掛かっている。

丹次は、端唄の師匠の家から少し戻ったところにある、明星稲荷の境内に足を踏み入れた。源右衛門の情婦の住まいなら、勢助が長居をすることはあるまいと見て、待つことにした。

案の定、ほんの寸刻の後、端唄の師匠の家の格子戸が閉まる音がして、勢助が出て来るのが見えた。

来る時に抱えていた風呂敷の包みはなく、勢助は手ぶらで稲荷の方に向かって来る。

「待っていたとは、感心するよ」

稲荷の境内に入って来た勢助が、丹次を見て薄笑いを浮かべた。

勢助は、丹次が付けていたのも、稲荷の境内に入ったことも気づいていたようだ。

「聞きたいことが、あってね」

丹次が切り出すと、

「ほう」

とだけ声を出したが、勢助の表情に変化はない。

「背中と脇腹を刃物で刺された、車曳きの久助の死体が浮かんでいたのは、眼の前にある川の向こう岸だったたね」

「わたしなら、刃物は使わないがね」

「なるほど、北町のお役人が久助殺しを調べ続けていると知って、久助を刺し殺した初音の梅吉と子分の丈八の口を封じたな」

依然として表情を変えない勢助の冷酷な眼は、じっと丹次に注がれている。

「三河町のお滝の家を、要三郎に教えたのはお前さんだってね。昨夜、お滝を包丁で刺した後、本人がそう口走ったぜ」

丹次がそう言うと、勢助の眉間に縦皺が出来た。

「お前さん方は、てめえの手を汚すことなく、陰から狡《ずる》く糸を操って、のうのうと生きてやがる」

「だからなんだ」

呻くように低く声を発した勢助が、いきなり帯から提げていた革の煙管入れを手にして、素早い動きで蓋を外し、筒の中に仕込んであった六寸（約十八センチ）ほどの小柄を右手に握った。

咄嗟に身を退《ひ》くと同時に、丹次は懐に飲んでいた匕首を抜いて、身構えた。

勢助も腰を落として身構え、丹次との間合いを詰めようと、僅かに足を動かして、円を描くように横に動く。

勢助の動きに合わせて丹次も身体を回す。

二人の荒い息遣いが、規則正しく暗がりに流れる。

円を描く勢助の動きが二回り目に入った時、丹次はあっと息を呑んだ。

勢助は同じ円の大きさで動いていると思い込んでいたが、円を描きつつ、いつの間にか、僅かに間合いを詰められていた。そのことに気付いたものの、既に遅かった。

勢助の影が飛び上がると同時に風を裂く音がして、丹次の右腕に激痛が走り、握っていた匕首はどこかへと飛んだ。

勢助の小柄が腕を裂いたのだと、丹次は一瞬のうちに合点した。

それも瞬時で、丹次はひるむことなく、勢助の右腕に力を込めた手刀を叩きつけた。

カランと、暗がりに小柄の落ちる音がした。

だが、休む間もなく動いて背後に回った勢助は、両手を交差させて左右の襟首を摑み、そのまま丹次の首を絞めつけた。

勢助の腕を摑み、懸命に両足を踏ん張って投げようとしたが、息苦しさに力が出ない。

このまま絞め殺される――そう思って、大きく口を開けて叫ぼうとした時、首を絞めていた勢助の手から、すっと力が抜けた。

いきなり息をして噎《む》せた丹次は、地面に手を突いて激しく咳き込んだ。

咳き込む丹次のすぐ横に、どさりと音を立てて、黒いものが倒れた。

白い顔を仰向けた勢助の眼はかっと見開かれている。

手を突いたまま顔を上げると、脇差に付いた血を紙で拭い取る柏木八右衛門の姿があった。

「柏木様——」

やっとのことで口にして、丹次はゆっくりと立ち上がった。

「お滝と要三郎のことは、今朝、九蔵から聞いたよ」

そう言うと、八右衛門は脇差を鞘に納めた。

「お前にも会って話を聞きたかったが、『治作店』にもいねぇから往生したぜ」

八右衛門は、八丁堀の役宅に帰ろうと、黄昏の楓川に架かる海賊橋に差し掛かった時、源右衛門と勢助の後を付けて行く丹次を見かけたのだと言って、苦笑いを浮かべた。

「それで、お滝の家のお調べは」

「うん、九蔵と亥之吉、それに町役人らで済ませた。だがな、お前がせっかく生かしてくれていた要三郎は、今朝駆けつけてすぐ、亥之吉に猿轡を外させた途端、舌を嚙み切って死にやがった」

八右衛門の知らせに、丹次はため息をついた。

こうも次々と人の死が重なると、敵味方の区別もなく、途方もない虚しさに襲われる。

「お前、どうして『鹿嶋屋』の手代と争う羽目になったんだ」

「要三郎の行方を探ろうと、主の源右衛門や番頭の弥吾兵衛に付きまとっていたわたしを、前々から邪魔だと思っていたようですし、それに、要三郎をたきつけてお滝に恨みを向けさせたのも、梅吉とその子分殺しの下手人も勢助だと知ったわたしを、生かしておくわけにはいかないと思ったんでしょう」

「なるほど」

と口にして、つるりと自分の頰を撫でた。

「おれは、この先の自身番に寄って、勢助の死体を引き取らせるつもりだが、お前は」

「このまま、湯島切通町に戻ります」

「じゃ、そこまで」

先に立った八右衛門に続いて、丹次は稲荷の境内を後にした。

眼の前の日本橋川を、大川の方からやって来た屋根船が通りかかった。

屋根の下に船遊びを楽しんだ客たちの影が見える。

さざ波を立てる川面に提灯の明かりを映しながら、屋根船は江戸橋の方へと向かって行った。

川から、ふと、秋の風が吹いたような気がしたが、思い過ごしだろうか。

日光御成街道の大門宿は、岩槻まであと二里（約八キロ）ほどのところにある。

昨夜、豊島郡岩淵で宿を取った丹次は、急ぐこともなく、日が昇ってから船で荒川を渡った。

それから一刻半（約三時間）ばかりで大門宿に着いた。

刻限は、間もなく四つ（十時頃）という頃合いだから、岩槻には九つ（正午頃）には行きつけるはずである。

小網町の明星稲荷で、危ういところを八右衛門に助けられてから五日が経っている。

あと十日もすれば月が替わって八月になるのだ。

「この先、『鹿嶋屋』はどうなりますんで」

丹次は、数日前、自身番に向かう八右衛門に尋ねてみた。すると、

「どうにもなるめぇ。ただ、飯沼藩青山家の領内にあった隠し薬園が灰になったからには、うま味のある薬草が入らなくなるだろう。青山家との手切れを知って、ほかの大名家も『鹿嶋屋』との付き合いをやめるとなれば、いずれは立ち行かなくなるかもしれんが、しぶとく生き残るかもしれん」

返って来たのは、そんな内容だった。

八右衛門に尋ねてはみたものの、丹次には、『鹿嶋屋』がどうなろうと関心はなかった。

丹次の兄、佐市郎の嫁になったというのに、夫の眼が悪くなったのをいいことに、自分の情夫を番頭に据えると、『武蔵屋』をいいように動かして商いを傾けさせた挙句、土地家屋を売り飛ばして行方をくらましたお滝と番頭の要三郎を捜し出して、ひとつ痛い目に遭わせてやりたいというのが、本来の狙いだった。

なにも、二人の死など望んではいなかったのだが、悪業の報いと思うほかなかった。

もはや、丹次が江戸でしなければならないことは、なくなっていた。

明星稲荷で八右衛門に助けられた翌日と翌々日、丹次は二日続けて、二か所の賭場に通い、合わせて十二、三両（約百二、三十万円）を手にした。

お杉や徳太郎、庄太や亥之吉たちに奔走してもらって借家を見つけてもらい、佐市郎を江戸に連れ戻して住まわせる費《つい》えにするつもりである。

刷り絵を続けてもいいが、江戸ではなにかと物入りだから、当分の暮らし向きの為に金は拵《こさ》えておきたかった。

佐市郎を江戸に迎える目途を立てた丹次は、昨日江戸を発って、岩槻を目指したのである。

岩槻城を北の方に望む寺の境内は高木に囲まれて、昼にもかかわらず翳っている。

そのお蔭で、境内は暑さを凌ぎやすい。

本堂近くに建つ経堂の階《きざはし》に腰を下ろした丹次は、高木を見上げて、小さくふうと、息を吐いた。

　寺に来る前、小間物屋の『蓬春堂』に立ち寄って、主の治助に頼みごとをしていた。

　小春が住む家に行って、密かに呼び出して来て欲しいと言うと、戸惑いながらも引き受けてくれたのである。

　七月の初旬、江戸に出て来た小春は、佐市郎は弟に会いたがっていると話していたが、実際に顔を合わせたら、どんな恨み言を向けられるかしれない。

　親に勘当を受けるほどの放蕩を繰り返し、その挙句に八丈島に流刑となった丹次である。身内から罪人を出した親兄弟が、どれほどの心労を抱えていたかと思うと、会うことに躊躇いが芽生えていた。

　サクサクと、土を踏む下駄の音が聞こえた。

　山門を潜って近づいて来る小春を認めると、丹次は思わず腰を浮かした。

「『蓬春堂』さんから道を聞いて、直に訪ねてくだされぱいいのに」

　眼の前に立つと、小春はそう言って笑みを浮かべた。

「佐市郎旦那に会う前に、小春さんに聞いておきたいことがありまして」

「なにか」

「江戸に迎えたいというお杉さんの文に、佐市郎旦那は、嬉しそうな顔をしていたということでしたが」

「ええ」

小春は小さく頷いた。

「お杉さんたちのお蔭もあって、迎え入れる支度も調いましたので、当の佐市郎旦那が、江戸へ戻る気持ちがおありかどうかを、前もって小春さんに聞いておこうと思って、こうして」

丹次は、小さく頭を下げた。

「江戸ですか」

小春が、ため息交じりに呟くと、階に腰を掛けた。

「そうですね。佐市郎様には、江戸へ戻られた方が、きっといいのでしょうね」

独り言のように口にして、小春は膝に置いた両手に眼を落とした。

物言いや仕草から、小春の屈託を感じ取った丹次は、かえって戸惑ってしまった。

「この前、岩槻に辿り着いた経緯を大まかには聞きましたが、江戸を離れるまでどんなことがあったのか、佐市郎旦那に会う前に、聞かせてはもらえませんか」

丹次は、小春から少し間を置いて階に腰を掛けた。

「『武蔵屋』さんを追い出された後、佐市郎様と何日か旅籠で過ごしたことはお話ししましたね」

「ええ」

丹次が頷くと、小春は思い出そうとでもするように、高木の梢《こずえ》に眼を向けて話し始めた。

旅籠に逗留していた間、小春は何度か『武蔵屋』に出かけて行って、近隣の商家に尋ねてみたが、元奉公人の姿は見かけないという返事だった。

小春はその時、『武蔵屋』の奉公人たちは方々に散ったのだと思い知った。

そこで小春は、まず、佐市郎の落ち着き場所を探すことにした。

つまり、佐市郎の眼が不自由なことを承知の上で、快く受け入れてくれそうな人を訪ね歩いたという。

最初に向かったのは、『武蔵屋』の何軒かの親戚だったが、いずれも冷ややかで、佐市郎の面倒をみるという家は一軒もなかった。

「その次に訪ね歩いたのが、佐市郎様の幼馴染やご友人でした。何とかしたいと口にするお人もおいででしたけど、所帯を持って子もあったり、家が狭かったりで、結局、どなたも無理でした。

ただ、ご友人の絵師、大原梅月《おおはらばいげつ》様の根岸のお住まいを訪ねた時は、ご本人は絵を描きに旅に出ていてお留守でしたけど、ご新造様が、半月ほどしたら旅から戻るはずだから、もう一度出直してほしいと、親切に言ってくださったのです。でも結局、冷たい仕打ちを受けるのではと怖気づいて、その後は、訪ねそびれてしまいました」

そう言って、小春は少し俯いた。

佐市郎のことで、『武蔵屋』の女中だったという女が、ここを訪ねて来たことがあった——丹次が根岸の家を訪ねた時、大原梅月からそんな話を聞いていた。

絵を描く旅から戻った梅月は、ご新造からその話を聞いて、再度の来訪を待ったが、『武蔵屋』の女中だった女は、年が明けても現れなかったと言っていた。

その時、小春が怖けることなく梅月を訪ねていれば、佐市郎を取り巻く状況は、今とは大きく変わっていたのかもしれない。

「手元にあったお金は減って行き、とうとう旅籠を出なければならなくなりました。その時、わたしのことはもう放っておいてくれと、佐市郎様に言われましたけど、眼の不自由な旦那さんを放り出すわけにはいかないじゃありませんか」

それで、小春は亀戸に長屋を見つけて佐市郎と住み、亀戸天神傍の料理屋で奉公することにした。

「そこでひと月ほどが経ったころ、料理屋の仕事が終わった夜、長屋に帰ると佐市郎様の姿がなかったんです。厠《かわや》かもしれないと待ってみたんですけど、四半刻経っても半刻経っても戻って来ないんです。

何人か、長屋の住人に聞いてみると、佐市郎様が、ふらふらと足元も覚束ない様子で東の方に歩いて行くのを見たという人がいて、わたし、追いかけました。眼がちゃんと見えないのに、どこへ行ったのかって、おろおろしながら、北十間川《きたじっけん》に沿って捜し回りました。

白々と、夜が明ける頃でした。北十間川が注ぎ込む中川の岸辺に座り込んでいる佐市郎様を見つけました。見つけた途端、わたし、腹が立って、人に心配かけるのもいい加減にしてくださいって、怒鳴ってしまいました。そしたら、ぽつりと、死に場所を探していたと言うんですよ。小春に重荷を背負わせ続けるのが心苦しいと、そうおっしゃって」

軽く俯いたまま、小春はそっと目尻を拭った。

「思い留まったのは、島流しになった弟の顔が浮かんだからだと口になさいました」

丹次から、喉を締め付けられたような声が出た。

「弟がご赦免になって、江戸に戻った時、親もわたしもいなくなっていたら、あいつはどうするんだろう。身内がいないんじゃ、あまりにも可哀相だからねと、わたしに手を突いて、堪忍してくれと、泣かれてしまいました。その時以来、わたしは、佐市郎様の世話をする腹を固めました。それからしばらくして、料理屋が火事になって、働き口がなくなったのを潮に、岩槻に来たんです」

話し終えた小春は、ふうと、細く長く息を吐いた。

丹次は、声もなかった。

小春の佐市郎への献身ぶりに、身も心も震えていた。

「この前、船頭の国松さんは、二人は夫婦ではないと言ってましたが、それは本当のことで？」

丹次は、やっとのことで口を開いた。

「なかには夫婦同然だと言う人もいますけど、佐市郎様とは、男と女の間柄じゃないんですよ」

明るくそう言うと、小春は小さく笑って遠くを見た。

「わたし、それでもいいんです。昔、男で苦労して懲りたことを思えば、世話をしたら喜んでくれるお人の傍にいるだけで、幸せですから。佐市郎様が作る絵の手伝いは、嬉しいんですよ。生きる張り合いがあって、嬉しいんですよ」

そう言い切った小春の顔は、輝いている。

「でも、こんなことを言ったなんて、佐市郎様には言わないでくださいね」

丹次を振り向いた小春は、笑み交じりの顔でやんわりと釘を刺した。

五

人の膝の上くらいまで伸びた稲穂が、そよ風に靡《なび》いている。

青物の植わった畑地や稲穂のそよぐ田圃の畦道を、丹次は小春の後に続いた。

「これから、佐市郎様のところへご一緒に」

さっき、話をし終えた小春にそう切り出された丹次は、腰掛けていた寺の階から決然と立ち上がった。

だがどんな顔をして会おうか、会ったらなにを話そうか、思いは纏《まと》まらないまま、以前、密かに訪ねたことのある百姓家に近づいていた。

巡らされた生垣に作ってある小さな門を潜って、小春に続いて前庭に足を踏み入れた。

すると、茄子や大根、牛蒡や椎茸の並べられた縁に胡坐をかいた佐市郎が、南瓜《かぼちゃ》を抱えて撫でまわしていた。

おそらく、その形を頭の奥に留めようとしているに違いない。

「誰かと一緒か」

足音に気付いたのか、佐市郎が小春の方に眼を向けた。

「この前からお話ししていた、丑松さんですよ」

小春が答えると、南瓜を置いた佐市郎は庭の方に身体を向け、丹次の姿を探しでもするように、眼を左右に動かす。

そして、丹次に眼を凝らした。

「丹次だろ」

佐市郎が、そう問いかけた。

「え」

小春は息を呑んで、声を出せないでいる丹次を見た。

「小春から、丑松という男の人相風体を聞いて、すぐに分かったよ」

「でも、弟さんは」

「大方、ご赦免になったんだろう」

「あぁ。そうだよ」

丹次は、掠れた声を出すのが精一杯だった。

佐市郎と小春が住んでいる百姓家は、近隣の家に比べるとそう広くはなかった。

戸口から土間に入ると、右手に竈や水瓶の置かれた流しがあり、左手には囲炉裏の切られた六畳ほどの板張りがあった。

板張りの奥に、納戸を挟んで二間があり、そこが佐市郎と小春の寝間になっていた。

開けられた縁側の障子戸の外は前庭で、その向こうに見える畑地や田圃は、いつの間にか、夕日に赤く染まっていた。

「綺麗だな」

丹次が口にすると、

「なにが」

佐市郎が尋ねた。

「日を浴びた里の景色がさ」

「そうか」

佐市郎が、縁側の方に眼を向けた。

丹次は、江戸に着いてから今日に至るまでの出来事を、大まかに話し終えたばかりである。その際、『鹿嶋屋』に関わる血腥《ちなまぐさ》い出来事は省いて、『武蔵屋』のかつての奉公人たちの動向を口にした。

目明しの下っ引きになっている亥之吉と知り合ったことで、佐市郎の古い友人、同心の柏木八右衛門とも顔を合わせ、絵師になった大原梅月の家を訪ねたことも話したのである。

ふと家の中に煮炊きの匂いが漂っていることに気付いた。

「支度が出来ました」

小春が、湯気の立つ鍋を持って土間から上がり、火の気のない囲炉裏の自在鉤《じざいかぎ》に吊るした。

そして、こまめに動いた小春は、囲炉裏の周りに南瓜や牛蒡などの煮物や炒り豆腐などを並べた。

「酒は」

「ここに」

小春が、佐市郎の手に徳利を持たせた。

「酌ならおれが」

丹次は遠慮したが、

「いいから言うことを聞け」

佐市郎の申し出に、手にした盃を徳利の口に音を立てて付けた。

「いいところで声を出してくれ」

「分かった」

佐市郎の傾けた徳利から酒が流れて、丹次の盃を満たしていく。

「零れます」

声を掛けたのは、小春だった。

「あ、済まない」

盃から溢れんばかりの酒を、丹次は口を近づけて飲んだ。

家を空けて遊び回っていた丹次は、これまで、佐市郎と酒を酌み交わすことなど一度もなかった。

それが、今日、図らずも叶ったことに胸が詰まり、声を失ってしまった。

「今度はおれが」

徳利を受け取った丹次は、佐市郎が差し出した盃に酌をした。

「小春さんは」

「少し」

照れたように笑った小春の盃にも、丹次が酌をした。

「飲もう」

佐市郎の声で、丹次は一気に飲み干した。

それを潮に、小春の作った料理に箸をつけることになった。

開け放ったままの障子戸の外は、すっかり暮れている。

庭の向こう側に広がっている畑地や田圃は、闇に包まれていた。

あとひと月もすれば、夜は火の気が欲しくなるだろうが、まだ囲炉裏に火を熾すほどではない。

燭台の明かりの灯る囲炉裏の周りに、丹次と佐市郎、それに小春が腰を下ろして茶を飲んでいる。

「もう一度、『武蔵屋』を興すのは無理だが、兄さんが住む家はすぐにも用意出来るから、江戸に戻って、今の刷り絵作りを続けたらどうなんだい」

丹次は、穏やかに話しかけた。

「なんなら、町中より、根岸にいる大原梅月さんの近くでもいいじゃないか」

「あぁ、梅月の近くなら、楽しそうだ」

佐市郎の顔に笑みが浮かんだ。

「兄さんが戻って来たら、お杉だって亥之吉だって、手を差し伸べてくれる者はいっぱいいるから、心配することはないよ」

そう勧めたが、佐市郎は、黙って茶を啜《すす》った。

「佐市郎様、丹次さんの言う通りになさいましよ」

小春も、小声でそう勧めた。

「でもね、わたしの刷り絵作りには、慣れた人の助けが要るんだよ」

「小春さんだろう」

すかさず丹次が口を開くと、佐市郎も小春も、戸惑ったように黙った。

「小春さんが傍にいなきゃ、兄貴の刷り絵は出来ないよ。それに、小春さんの、兄さんへのこれまでの尽くし方は、ただの親切だけじゃないよ。小春さん、そうだろう」

丹次が眼を向けると、小春は息を呑んで俯いた。

「兄さん、小春さんと夫婦になって、江戸で暮らさないか」

佐市郎は、両掌に包んだ湯呑に眼を落としている。

「小春さん」

丹次が返事を促すと、

「いいのか、小春」

佐市郎が、囲炉裏の向かい側にいる小春に顔を向けた。

「佐市郎様こそ、わたしでいいのですか」

「お前じゃないと、わたしの眼にはならないようだよ」

「はい」

佐市郎の思いを聞いた小春の返事は、はきとして潔かった。

「丹次」

佐市郎が静かに口を開いた。

「なんだい」

「小春がこの先、傍にいてくれるなら、なにも江戸に戻らなくてもいいよ。江戸が嫌だというんじゃないが、わたしはすっかり、この土地に慣れてしまったからね」

そう言って丹次を見た佐市郎の笑顔は晴れ晴れとして、寸分の迷いもなかった。

日本橋の竈河岸一帯は、西日に染まっている。

洗い立ての浴衣を着込んだ丹次は、銀座の前の通りを左に折れて、住吉町の『八兵衛店』へと向かった。

昨夜、佐市郎の家に泊まった丹次は、夜明け前、江戸に向かうという荷船に乗せてもらい、途中、千住や小名木に寄って荷を下ろしながら川を下り、八つ（二時頃）の鐘が鳴り終わる時分、両国橋の袂で船を降りたのだ。

すぐに湯島切通町に戻り、近くの湯屋で汗と埃《ほこり》を洗い流した。

丹次には、やるべきことが待ち受けているのだ。

そのひとつを済ませようと、丹次は『治作店』を後にしたのである。

「お杉さん」

声を掛けて、開いている戸口から中を覗くと、向かい合って夕餉を摂っていたお杉と徳太郎が箸を持つ手を止めた。

「お入りなさいまし」

徳太郎から声が掛かると、丹次は土間に足を踏み入れて、框に腰掛けた。

「生憎ですけど、余分なおまんまがないんですよ」

お杉が済まなそうな声を出した。

「おれのことは気にしないでいいよ。この後、長屋の住人と飲み食いするつもりだから」

丹次は、気を遣ったわけではなかった。

今夜は、『がまの油売り』の武左衛門を居酒屋に誘うつもりだった。

「お杉、おれは今日、岩槻から帰って来たんだよ」

丹次がそう言うと、お杉は箸を置いて、框の近くに膝を進めた。

佐市郎に会い、江戸に戻るように話をしたのだが、小春と夫婦になって岩槻に残ることになった仔細を、丹次はお杉に説明した。

「それなら、安心ですよ」

お杉は大きく息を吐いた。そして、

「そうなると、丹次さんはこれからどうなさるんで」

と、声を低めた。

「おれは、岩槻に行くよ。兄貴にはご赦免になったと言ってあるし、岩槻なら知り合いもいないし、役人に用心することもないからさ」

笑みを浮かべた丹次は、巾着から二両を取り出し、お杉の膝元に置いた。

「これは」

お杉が、訝るように丹次を見た。

「お杉に時々、本郷の『武蔵屋』の菩提寺に行って花を供えて欲しいと、兄貴からその花代を預かって来たんだ。遠慮なく収めてくれ」

置いた二両をさらに押すと、

「おれは、四、五日のうちに江戸を発つから、挨拶はもうしないよ。それに、お杉にも会いたいと言付かってきたから、暇を見つけて、夫婦で岩槻に顔を出してくれよ」

腰を上げると、丹次は軽く片手を上げて路地へ出た。


「左様か。岩槻へねぇ」

盃の酒をくいと飲み干した春山武左衛門は、得心したように大きく頷いた。

湯島の『治作店』に帰った丹次は、『がまの油売り』から帰ったばかりの武左衛門を、湯島天神門前町の居酒屋『蔦屋』に誘った。

捜していた恩人が岩槻で見つかったので、四、五日のうちに江戸を発つのだと言うと、快く応じてくれたのである。

「しかし、丑松殿には大いに世話になった。改めて礼を申す」

武左衛門は深々と頭を下げたが、礼を言いたいのは丹次の方だった。

島抜けの大罪人として、息を詰めて過ごさなければならない江戸暮らしで、春風のような武左衛門は、丹次に安らぎをもたらしたのだ。

「あ、いたいた」

聞きなれた声がして、店の中に庄太が入って来た。

「『治作店』の大家さんが、兄ィと春山さんが飲み食いをどこにするか話しているのを聞いたと仰いましたんで、へへへ、見当をつけてきたんですよ」

板張りに上がった庄太が、丹次の横に胡坐をかいた。

「庄太殿、丑松殿が、近々、江戸を離れて岩槻に参られるのはご存じかな」

武左衛門の問いかけに、庄太がびくりと丹次を見た。

「岩槻にいた佐市郎旦那が、来いとお言いでね」

「いつ」

「ま、四、五日後だな、旦那の家はお杉が知っているから、いつか訪ねて来なよ」

明るくそう告げると、徳利の酒を庄太に勧めた。

おとなしく酌を受けた庄太が、自棄《やけ》のように盃を呷《あお》った。


菅笠に着流しを身にまとっただけの丹次は、元浜町にある千鳥橋の袂近くの暗がりに立っていた。

着いて、四半刻ほどが過ぎた。

暗がりから、居酒屋『三六屋』の戸口の軒行灯が見えている。

丹次が、岩槻から江戸に戻ってから、五日が経っていた。

その間、島抜けをして江戸に戻ってから世話になった人たちのもとに出向き、岩槻へ行くからと、別れの挨拶を済ませた。

『治作店』の住人たち、口入れ屋『藤金』の藤兵衛、献残屋『三増屋』の角次郎たちだった。

『三六屋』の戸が開いて、中からお七が出て来るのが見えた。

お七が、軒行灯を手にして、明かりを吹き消すと同時に、笠を取りながら近づいた。

「あら」

お七は呟くと、軒行灯を掛けた。

「久兵衛さんが帰ったから、食べるものは出来ませんが」

「酒だけでいいよ。それに、明日は早発ちだから、日本橋に近いこの店に泊めてもらおうと思ってね」

「よござんすよ」

ためらいもなく返答すると、戸口の横に立って、先に入るよう促した。

丹次が土間に足を踏み入れると、お七は雨戸を閉めて猿を下ろした。

「座ってお待ちよ」

そう言うと、お七は板場に消えた。

店内は、しんと静まり返っている。

お盆に湯呑と徳利を載せて板場から出て来たお七は、板張りに上がると、丹次と向かい合って横座りになった。

お七の酌で酒は注がれ、二人は黙って湯呑を口に運んだ。

「あんた、どこかへ行くつもりだろう」

お七の問いかけに、丹次は黙った。

「去って行く人の匂い、あたしにはすぐ分かる」

「いろいろ、世話になったな」

丹次が口を開いた途端、お七が身体ごと飛び込んで来た。

酒の入った湯呑が板張りに転がり、丹次は、のしかかったお七の唇で口を塞がれた。

お七の勢いに飲まれるように、丹次はお七を下にして、口を吸った。


どこかから、七つ(四時頃)の鐘の音が届いたような気がした。

『三六屋』の暗い二階の部屋で、丹次は着物の帯を締めている。

その足元に横たわったお七の白い肩が、掛布団から少し覗いている。

昨夜、唇を這わせた肩である。

建物の裏手の堀が小さな波を立てているのか、ぴちゃぴちゃと水音がする。

ぎぃと、櫓を漕ぐ音が遠のいて行く。

「ね、どこへ行くの」

丹次が笠を手に取った時、お七の声がした。

「南になるか、西か」

「待っていい？」

横になったまま、お七が立った丹次に顔を向けた。

「いや。待たない方がいいな」

「どうして」

「男なんか、待たない方が身のためだよ」

丹次が言うと、お七はゆっくりと寝返りを打った。

「いろいろ、ありがとうよ。達者でな」

階段を下りかけた丹次の眼に、向こうむきになったお七の肩が、かすかに揺れているのが見えた。

丹次は、足音を殺して階段を下り切った。

居酒屋『三六屋』を後にした丹次は、大川の岸辺に出ると、西岸を下って霊岸島へと向かった。

霊岸島に着いた頃には、東の空は明るくなって、水運の町は人や船が忙しく動き始めていた。

水辺が近いせいか、町には靄《もや》のようなものが這っている。

霊岸島と八丁堀を結ぶ霊岸橋を西へ渡った丹次は、北島町へと足を向けた。

通りには、朝早くから動き始める、奉行所同心の姿がそこここに見受けられる。

「ちと、道を伺いますが」

丹次は、羽織の裾を腰のあたりまで捲り上げた、見るからに同心と思しき初老の男に声を掛けた。

「北町の同心、柏木八右衛門様の役宅をご存じではありませんか」

「おお、八右衛門なら、そこだ」

初老の同心は、小さな門の前で掃き掃除をしている新造を手で指し示した。

「おりえ殿、こちらが八右衛門をお訪ねだ」

言うだけ言うと、初老の同心はせかせかと立ち去った。

「少しお待ちを」

新造は会釈をして、門の中に入って行った。

ほどなくして、八右衛門が一人着流しの姿で門の外に現れた。

「早いな」

「申し訳ありません。急ぎ、お知らせに参りました」

丹次は、頭を下げた。

「知らせというと」

「わたしは、丑松というのは偽りの名でございます。日本橋室町二丁目の生まれ、もと乾物問屋『武蔵屋』の次男、丹次と申します」

淡々と口にした丹次を、八右衛門が凝視した。

ふと、八右衛門の顔に、小さな笑みが浮かんだ。

丹次は深々と腰を折ると、八右衛門の言葉を待った。

だが、丹次の耳には、朝の静けさをうち破る海鳥の声だけが届いた。


〈完〉

この作品は書き下ろしです。

追《お》われもの四　再会《さいかい》

金子成人《かねこなりと》

令和元年12月5日　初版発行

発行人――石原正康
編集人――高部真人
発行所――株式会社幻冬舎
〒151-0051東京都渋谷区千駄ヶ谷4-9-7
電話　03(5411)6222(営業)
　　　03(5411)6211(編集)
　　振替00120-8-767643
印刷・製本―株式会社　光邦
装丁者――高橋雅之

幻冬舎時代小説文庫

ISBN978-4-344-42931-4　C0193　か-48-4

幻冬舎ホームページアドレス　https://www.gentosha.co.jp/
この本に関するご意見・ご感想をメールでお寄せいただく場合は、
comment@gentosha.co.jpまで。